大家小书

唐宋词欣赏

夏承焘　著

北京出版集团公司
北京出版社

图书在版编目（CIP）数据

唐宋词欣赏 / 夏承焘著. — 北京 : 北京出版社，2016. 7

（大家小书）

ISBN 978-7-200-11980-0

Ⅰ. ①唐… Ⅱ. ①夏… Ⅲ. ①唐宋词—诗歌欣赏 Ⅳ. ①I207. 23

中国版本图书馆CIP数据核字（2016）第065346号

总策划：安　东　高立志　　责任编辑：韩敬群　陶宇辰

· 大家小书 ·

唐宋词欣赏

TANG-SONGCI XINSHANG

夏承焘　著

*

北京出版集团公司
北京出版社　出版

（北京北三环中路6号　邮政编码：100120）

网　址：www.bph.com.cn

北京出版集团公司总发行

新华书店经销

北京华联印刷有限公司印刷

*

880毫米×1230毫米　32开本　7.375印张　93千字

2016年7月第1版　2023年5月第6次印刷

ISBN 978-7-200-11980-0

定价：32.00元

质量监督电话：010-58572393

序　言

袁行霈

“大家小书”，是一个很俏皮的名称。此所谓“大家”，包括两方面的含义：一、书的作者是大家；二、书是写给大家看的，是大家的读物。所谓“小书”者，只是就其篇幅而言，篇幅显得小一些罢了。若论学术性则不但不轻，有些倒是相当重。其实，篇幅大小也是相对的，一部书十万字，在今天的印刷条件下，似乎算小书，若在老子、孔子的时代，又何尝就小呢？

编辑这套丛书，有一个用意就是节省读者的时间，让读者在较短的时间内获得较多的知识。在信息爆炸的时代，人们要学的东西太多了。补习，遂成为经常的需要。如果不善于补习，东抓一把，西抓一把，今天补这，明天补那，效果未必很好。如果把读书当成吃补药，还会失去读书时应有的那份从容和快乐。这套丛书每本的篇幅都小，读者即使细细地阅读慢慢地体味，也花不了多少时间，可以充分享受读书的乐趣。如果把它们当成补药来吃也行，剂量小，吃起来方便，消化起来也容易。

我们还有一个用意，就是想做一点文化积累的工作。把那些经过时间考验的、读者认同的著作，搜集到一起印刷出版，使之不至于泯没。有些书曾经畅销一时，但现在已经不容易得到；有些书当时或许没有引起很多人注意，但时间证明它们价值不菲。这两类书都需要挖掘出来，让它们重现光芒。科技类的图书偏重实用，一过时就不会有太多读者了，除了研究科技史的人还要用到之外。人文科学则不然，有许多书是常读常新的。然而，这套丛书也不都是旧书的重版，我们也想请一些著名的学者新写一些学术性和普及性兼备的小书，以满足读者日益增长的需求。

“大家小书”的开本不大，读者可以揣进衣兜里，随时随地掏出来读上几页。在路边等人的时候，在排队买戏票的时候，在车上、在公园里，都可以读。这样的读者多了，会为社会增添一些文化的色彩和学习的气氛，岂不是一件好事吗？

“大家小书”出版在即，出版社同志命我撰序说明原委。既然这套丛书标示书之小，序言当然也应以短小为宜。该说的都说了，就此搁笔吧。

夏承焘先生说词

吴战垒

听夏承焘先生说词，是一大享受。四十年前，在课堂上听他说稼轩词的情景，至今还历历如在眼前。夏先生说词不用讲义，娓娓而谈，庄谐杂陈，课堂上不时爆发出欢快的笑声，真使人有如坐春风之感。夏先生这种授课态度，与另一位授课的任心叔（铭善）先生的严肃正经大不相同。任先生是夏先生在之江大学时的老学生，被夏先生视为畏友，他曾劝夏先生在课堂上要严肃一点，夏先生却说本性如此，无法改变。

夏先生的说词，潇洒从容，举重若轻，能入而能出，能放复能收，如东坡之作文，“常行于所当行，常止于不得不止”，有水流云起、触处生春之妙。我觉得这正是切于词境的最佳阐说方法，似乎词中三昧，不如此则不能道破。夏先生本性为词人，他以词人之道说词，宜其有从容自得之乐，且能以之感动听众，与人同乐。心叔先生平生专攻经学和小学，且生性刚直，不苟言笑，其讲课之庄重严肃，亦正与其本性及所治之学相当。

夏先生说词的最大特点是善于深入地剖析词境和体会词心，他绝不“拆碎七宝楼台”，咬文嚼字，见小失大，而能由浅及深、由表及里地引人入胜，把一个完美的词境展示在你的面前。比如他说稼轩的《西江月》（明月别枝惊鹊），指出这首词是词人隐居上饶带湖时，夜行黄沙道上的感受。上片写晴，下片写雨，而各有深浅主次之分和心情急缓之变。首句“明月别枝惊鹊”，写夜空明月乍出，鹊儿见光惊飞。“别枝”者，离枝也，与苏轼诗“月明惊鹊未安枝”同意，而非唐人“蝉曳残声过别枝”作“另一枝”解之“别枝”。先生所说切合情景，故能片语解纷。次句“清风半夜鸣蝉”，虽在夜半，蝉鸣不止，可见天气十分闷热，则为下句写雨作伏笔。“稻花香里说丰年，听取蛙声一片”二句，为上片主笔。夜半无人，“说丰年”者，既不会是农人，也不是词人自言自语，而是随着稻花香四溢的那一片蛙声！这种侧面烘托之法，比正面抒写对丰收的喜悦更为生动而深刻。下片写雨和遇雨心情，极有层次。“七八个星天外”，写雨前空中起云，密布的云层中透漏出几颗星星，预示未雨而已有雨意。“两三点雨山前”，写夏天阵雨初来景象，数点飘洒，滂沱随至，它不同于春雨之随风潜入，悄然无声。“旧时茅店社林边，路转溪桥忽见”，写行人遇雨的心情，先是焦急，骤雨急至，急于找一个避雨的地方，记得在那土地庙树林边有一爿乡野茅店，可以去避避雨，歇歇脚。于是急急忙忙过了溪桥，那盼望中的茅店果然出现了，其心情的欣喜也可想而知。“路转”也正是心情由焦急而向欣喜之转折，由此一转而戛然收束，则使词情跌宕而生波澜。

这类小词，看似平淡无奇，先生却善于把词中的意象贯串起来，提挈意脉，于无字处看出内在的关联和情感的逻辑，从而把一个完整的意境再现出来。

这种善体词心、善解词境的说词功力，来自先生深厚的词学修养和文史底蕴。他撰有《唐宋词人年谱》，熟悉唐宋词名家的身世遭际和创作历程，知人论世，善于把词作放在一定的时空坐标上进行观照，又能结合自己丰富的生活体验进行印证和想象，还能毫不费力地征引前人的作品参互比较，因而使人感到切理餍心，既熨帖深刻，又亲切有味。如先生说稼轩《清平乐》“醉里吴音相媚好，白发谁家翁媪”，即与通常以“醉里”谓词人带醉者有异，而谓词人听到有人带着醉意用柔和婀娩的吴音在交谈，初以为是一对青年男女在谈情，定神一看，却发现是一对白发苍苍的老年夫妇！用倒装章法，先闻其声，后见其人，出乎意外，才令人于惊奇之余发出会心的微笑。这种类似相声“抖包袱”的艺术效果，不但使得词的节奏跌宕有致，而且通过幽默的口吻，也不难体会到词人对这对农村老年夫妇恩爱和睦生活的深情赞美。夏先生的说解入情入理，十分中肯，倘能起稼轩而问之，亦当笑颔。记得周汝昌先生也对此深表赞赏。

夏先生说词，既能洞悉词心，细致入微，又能放眼词史，宏通阔大。其说敦煌曲子词、花间词、温韦词、南唐君臣词、苏轼豪放词、易安词、清真词、稼轩词、放翁词等，均能以小见大，通过具体作品点示出诸如词乐的变迁、词风的同异、词调与声情、寄托与无寄托之类词学要义。读者于赏词之际，得此良师导引，不唯能体会词心之曲折，词境之深美，且能获得不少具体生动的词史和词论知识，并领悟到学词的门径。

夏先生被誉为“当代词宗”，他治词史、词论于一炉，而本身又是一位杰出的词人，多年的治词心得与丰富的作词经验，使他对古人的词作在章法、句法、字法、过片、结束、用典等方面有十分深切的体会，在说词中，即随宜点出，金针度人，嘉惠后学不浅（先生拟就此撰为专著，名曰《词例》，已属稿若干，惜未竟其业）。

先生说词，颇赞赏常州词派“作者未必然，读者何必不然”的主张，他常从一点生发开去，由此及彼，由表及里，从中引申出一些深刻的艺术和人生的哲理来。四十年前，我从游于先生，杖履追随，得亲謦欬，每闻谈词，辄有醍醐灌顶之感。记得有一次，先生说张玉田《清平乐》中的两句词：“只有一枝梧叶，不知多少秋声？”他从《淮南子》“见一叶落而知岁之将暮”，谈到唐人诗演化为“一叶落知天下秋”，又谈到杜甫的“一片花飞减却春”，娓娓不尽，胜义纷纭，由此而点出文人敏感的心灵，见微知著，以及艺术表现上“一”与“多”的辩证关系等，短短两句词，足足说了两个多小时。其时先生坐在一把藤摇椅上，边摇边说，悠闲自在，此情此景，历久难忘。曾有句志感云：“弥天花雨纷纷落，满座春风冉冉生。”

先生说词，必先吟诵，其声情随词情而变化，长吟短咏，抑扬顿挫，使人为之动容。曾听他吟诵陆游的《夜游宫》，上片激昂慷慨，回肠荡气；过片声情凄咽；至结尾数句，又复起伏变化，声调凡三转：“自许封侯在万里”句，高亢振起；“有谁知”，陡然一顿，作短暂休止；接着以摇曳激楚之声吟出“鬓虽残，心未死”二句，叹惋悲凉，抑郁不平，放翁之心声宛然可闻。先生的女弟子琦君（潘希真，台湾著名散文家），对先生的吟诵十分倾倒，说经先生一吟诵，诗词的意蕴已领会大半。我于此深有同感。可惜当时无录音设备，不能把先生的吟诵录下来。有一位懂音乐的同学，曾把先生吟诵几首诗词的声调记为简谱，但后来也散失了。这是一大憾事。

这本《唐宋词欣赏》，是四十多年前先生为广大读者欣赏唐宋词的需要而说解的，大半由先生的助手怀霜记录整理，经先生改定，发表于杭州、上海和香港的报刊上。这些记录下来的说词文字，与无拘束的谈说相比较，其鲜活的意味似乎有所减杀；又因当时环境所限，有些话不能说得很畅，且难免说几句套话，但其见解的精警和说词的鲜明特点仍然存在。它虽然不同于先生的词学专著，却能为大众说法，深入浅出，可读性强，使唐宋词面向更广大的读者群，这也是先生的一大功德。

辛巳木樨开候，于西子湖滨

目 录

前言

这本册子所收三十九篇小文，都是有关唐宋词欣赏方面的作品。解放以后，从五十年代到六十年代初期的十余年中，我一直住在杭州的西湖之滨。当时教课之暇，为适应广大读者欣赏唐宋词的需要，断断续续地写了些评介性的短文，分别以“湖畔词谈”、“西溪词话”、“唐宋词欣赏”等专栏刊目，在《浙江日报》、上海《文汇报》、香港《大公报》等报刊上连载。所评所议，管窥蠡测，未必能中其肯綮。最近将这些小文收集一起，重加修订，交天津百花文艺出版社出版，仍名之曰“唐宋词欣赏”。目的是，希望得到专家和广大读者的指正。

这三十九篇小文，大半是怀霜同志当年记录整理的。此次修订工作，得到吴天五、吴无闻同志的帮助，并此致谢。

夏承焘八十岁记于北京天风阁

一九七九年深秋

词的形式

词是配合音乐的一种文学。它的原名叫“曲子词”，后来简称为“词”。“曲子”是指音乐而言，从前也有叫词为“曲”、叫词为“子”的。现在词调里有“更漏子”、“南乡子”，这就是“夜曲”、“南方曲”。

因为词是配合音乐的，所以它是“乐府”诗的一种，扩大地说，是诗歌的一种。但是词与诗不同，词是配合音乐的，诗却不一定都配合音乐。说词是“乐府”的一种是正确的。从汉代就开始有“乐府”，当时的“乐府”本来是政府设立的一个音乐机构的名称，它是为了采集民歌、配合音乐而设立的。后来“乐府”这个名称从音乐机构变成为一种诗体的名称。在汉时有“汉乐府”，魏晋南北朝也各有“乐府”。词，就是唐宋时代的“乐府”。如苏轼词集叫《东坡乐府》，贺铸词集叫《东山寓声乐府》等。

唐宋词的形式大致有下列几个特点：

第一，诗有题目，而词有调名。有的词，调名就是它的题目，譬如五代时欧阳炯的《南乡子》。有的词，调名下面另有题目，像苏东坡的《念奴娇》，题目是“赤壁怀古”。词调是用来规定这首词的音律的，所以每个词调的字数、字声、用韵的位置都有一定，不能随意改变。像《念奴娇》的第一句只许有四个字，下面各句的字数也有一定的规定，不能增加或减少。每一句、每一字的平仄声也都有规定，譬如苏东坡的《念奴娇》的第一句“大江东去”是“仄平平仄”，不能填作“仄仄平平”。所以作词叫做“填词”，依调子的声律填入平仄声的字。作品的感情要和调子的声律密切配合。填词之前，先要选调。所谓“选调”，首先应该了解哪个调子是适合于表达哪样的感情的。应该选取与自己所要表达的感情一致的词调，不可以单看调名。譬如：不能拿《贺新郎》这个调子作为祝贺结婚的词，因为《贺新郎》这个调子是慷慨激昂的，与“燕尔新婚”的感情不相干。再如：也不能用《千秋岁》这个调子来作祝贺生日的词，因为这个调子是适宜于表达悲哀、忧郁的情感的；宋代的秦观曾经填过这个调子，有“落红万点愁如海”的名句，后来秦观被贬官，死于路途之中，他的朋友们就用这个悲哀的调子来哀悼他。再如《寿楼春》，也不能因为它调名里有个“寿”字，就以为可以作为祝寿的词，实际上它的声调也是悲哀的，史达祖就有悼亡的《寿楼春》词。由此可见，选调主要是选择调子的声调感情，不应该单凭调名的字面去选择。正确地选择词调，才能恰当地表达作品的思想感情。

第二，每首词分作数段，一段叫做一片。一片就是唱一遍。一般情况是每首词分上下两片；单片的很少，分三四片的也不常见。片也叫做“阕”。所以一首词可以说分为两阕、三阕、四阕。后人也有把一首词叫做一阕的。词分上下两片，上下片的关系要做到不脱不黏，似断非断，似承非承，既有联系而又不混同。因此，最难做的是第二片的开头，它有个专门的名字叫做“过变”。这意思就是说，它是上下片音律的过渡起变化的地方。在这里唱起来特别好听，因此，要用精彩的句子，表达丰富的感情。譬如柳永的《定风波》过变的几句是：“早知恁么，悔当初，不把雕鞍锁。”这是用自言自语的语气来表达惜别、伤离的感情的。再如姜夔的《一萼红》的过变：“南去北来何事？荡湘云楚水，目极伤心。”是用动荡的语气写的，吟诵起来特别富于感情。此外还有许多其他手法，这里不能多举。

诗无论多么长，百句、千句，总是一首。词分两片或多片，因此一首词又好像是两首或数首，但是不可脱节了成为两首或多首。作词的人原要注意这点，读词的人也不可不注意这点。

词的形式的另一个特点，是长短句。关于这个特点，下文另作介绍。

长短句

长短句，是词的形式的特点之一，词句十之八九是长短不齐的。诗中虽然也有长短句，但是没有词那样普遍，那样多变化。宋代人就有把词称作“长短句”的。像秦观的词集叫《淮海居士长短句》，辛弃疾的词集叫《稼轩长短句》。词的长短句之所以特别多，是因为它是配合音乐的。词所配合的音乐主要的是当时的“燕乐”（“燕”字就是“宴会”的“宴”字，因为它最初流行于宴会），这是隋唐时代最流行的音乐。它是由“胡夷”、“里巷”两种乐曲组成的。“里巷之曲”，是两晋南北朝以来民间流行的乐曲。“胡夷之曲”，是当时从我国的新疆和甘肃、中亚细亚、印度等边疆地区和其他国度传进来的。由于这些外来音乐的旋律复杂、声调变化多端，我国原有的字数固定的五、七言诗就不容易和它密切配合，所以词就变成为长短句。

词用长短句，一方面是为了适应音乐；另一方面，也为了更容易表达复杂的感情——既可以是慷慨激昂的，也可以是委婉细腻的。

长短句在《诗经》里就已经出现，最突出的是那首《伐檀》，它的句式，有四言、五言、六言、七言、八言，用参差不齐的句子，表达阶级矛盾中的反抗情绪。“不稼不穑，胡取禾三百廛兮？不狩不猎，胡瞻尔庭有县貆兮？彼君子兮，不素餐兮！”这几句，充分表达了劳动人民对于不劳而获的统治阶级的愤怒和谴责。

汉魏六朝的乐府诗，用长短句的逐渐多了，但总不及唐宋词那样用得广泛。像辛弃疾的《水龙吟·登建康赏心亭》，这是他初到江南时写的，他想发挥自己的才力来改变当时的现实，但是愿望不能实现。它的上片的结尾说：“落日楼头，断鸿声里，江南游子。把吴钩看了，阑干拍遍，无人会，登临意。”“落日楼头”暗喻国事的危急，“断鸿声里”两句，暗喻自己是潦倒、飘零在南方的一个爱国志士。看“吴钩”（吴钩就是刀），表示雄心壮志。拍“阑干”高歌，表示忧愤。“无人会，登临意”两句引起下片的全部内容。这首词用错落不齐的句子，低昂应节的音调，表达他壮志不酬的感慨。

再如：陈亮有一首《水调歌头·送章德茂大卿使虏》。陈亮是辛弃疾的好友，是宋朝一位坚决主张抗战的爱国志士，抗战是他到老不变的政治主张。当时的统治集团却向敌人称臣求和，他这首词下片的开头是：“尧之都，舜之壤，禹之封，于中应有一个半个耻臣戎！”作者把三个三字的短句和一个十一字的长句连接在一起，表达他突兀不平的愤慨。它的大意是说：我们是一个有高度文化的民族，却不能抵抗外来侵略，反而向落后残暴的异族屈膝投降，这多让人气愤。他这首《水调歌头》过变的几句，在所有宋代人作的这个调子过变的例子中，可以说是最能充分表达文字力量的句子。

以上所举这些用长短句的词，都是抒写国家、民族的大感慨的，长短句不但适宜表达这种豪放的感情，同时也适宜抒发婉约细腻的情感，也可以用来描写男女爱情。

汉乐府中有一首用长短句描写爱情的民歌，名叫《上邪》：“上邪！我欲与君相知，长命无绝衰！山无陵，江水为竭，冬雷震震夏雨雪，天地合——乃敢与君绝！”它运用变化多端的句子来表达热烈、急切的情感，这是大家都知道的不多见的名篇。在唐宋词里，可举的例子就更多了。像李清照的《如梦令》，用日常生活中的一件小事情，通过简单的对话，反映出女性的敏感。这首词的大意是说：昨夜醉卧中听到了窗外的风雨声，早晨醒来问卷帘人：“花园里的景象如何？”卷帘人说道：“海棠花照旧开着。”而没看到海棠花的作者却知道：经过一夜风雨，海棠花是不会依旧的，该是叶多花少了。这里充分表现这位女作家的敏感，同时还寄托了她个人的生活情绪。虽然只是一首二三十字的小令，而表达手法却很曲折、灵活。它的最后几句是：“试问卷帘人，却道：‘海棠依旧。’‘知否？知否？应是绿肥红瘦。’”其中有对话，有反问，若用五、七言诗句是不容易这样表达的。

盛唐时代民间流行的曲子词

词最初是从民间来的，它的前身是民间小调。随着唐代商业的发展，都市的兴起，为适应社会文化生活的需要，同时由于音乐、诗歌的发展，词在民间就流行起来了。唐代民间词反映社会现实相当广泛，具有相当强的社会功能。

唐代民间词，虽然作品都已亡失，但是还保存了一篇唐朝开元天宝年间崔令钦所著的《教坊记》的“曲名表”。“曲名表”是民间词调的最早记录，它记录当时教坊妓女所唱的三百多首曲子，虽然只有曲名而没有作品，我们还可以根据这些曲名推测它的内容：如《舍（拾）麦子》、《锉碓子》等，可能是写农民劳动生活的；《渔父引》、《拨棹子》等，是反映渔民生活的；《破阵子》、《怨黄沙》、《怨胡天》、《送征衣》等，是反映战争，写军队生活、写征妇思念出征的丈夫的。从这些调名看来，它所反映的民间生活确实相当广泛，内容相当丰富。由此可知，民间词在唐代已经相当流行。它比之后来“花间”派的文人词内容深广得多。

我们都知道中唐时代诗人李绅、元稹、白居易提倡作新乐府，他们的作品广泛深刻地反映了当时的社会现实。我们把“曲名表”里的曲名与元、白新乐府对照来看，有些内容性质是很相近似的：如“曲名表”里的《恨无媒》近似新乐府的《井底引银瓶》，《怨陵三台》、《守陵宫》近似于《陵园妾》，《宫人怨》近似于《上阳人》等。

现在让我们来看看这些作品：白居易的《井底引银瓶》，描写了一个爱情的悲剧。它写一个女子与一青年在墙头马上相见，相互产生了爱慕之心，女的私自离开家庭跟到男的家里去，结果男的父亲认为“聘即为妻奔是妾”，赶她出门。“曲名表”的《恨无媒》想来就是“聘即为妻奔是妾”的意思。造成这个悲剧的原因是私奔到夫家没有媒人。因此，我们猜想“曲名表”的《恨无媒》，大概和新乐府的《井底引银瓶》的内容相同。

新乐府的《上阳人》、《陵园妾》都是描写宫怨的。荒淫的帝王到民间采选宫女，使多少家庭骨肉生离，使年轻女子过着凄凉的独身生活。《上阳人》里反映许多女子被选入宫，从十六岁直到六十岁，连皇帝的面孔也未曾见到，在宫中的生活是："莺归燕去长悄然，春去秋来不记年。唯向深宫望明月，东西四五百回圆。"一入宫门，便没有出去的日子，就这样断送了一生。有的女子被选入宫，结果却被派去守死去了的皇帝的坟园，新乐府这首《陵园妾》，就是反映这班不幸女子的痛苦。"山宫一闭无开日，未死此身不令出"，她们就这样被关在坟园里，一直到死。

"曲名表"的《宫人怨》、《守陵宫》、《怨陵三台》（三台是词调名），曲名与新乐府的题目相近似，看来它们的内容也可能相仿佛。此外，新乐府的《缚戎人》可能近似"曲名表"的《羌心怨》，还有大家所知道的《新丰折臂翁》也可能近似"曲名表"里的《破南蛮》。由此可见，唐民间小调是很能广泛地反映现实生活的，这些作品价值很高。《教坊记》的作者是盛唐开元天宝时代人，白居易是中唐时代人，"曲名表"里的唐民间词的时代比元、白乐府要早得多。这是我们研究词的起源和元、白新乐府的关系很可注意的材料。

"曲名表"中的作品都已亡失了，但是唐代民间词仍有一部分流传下来，那就是《敦煌曲子词》。

（本文论"曲名表"，参用任半塘《教坊记笺订》）

敦煌曲子词

“敦煌曲子词”，是指清光绪年间在甘肃敦煌县的一个石窟里发现的几百首写本的曲子词。这些词是唐朝的民间词，它反映了唐代的社会现实，其中有描写在异族统治下沦陷区人民怀念祖国的爱国感情的，如《菩萨蛮》的“敦煌古往出神将”等。敦煌词中也有描写征夫和思妇感情的，如《鹊踏枝》的“叵耐灵鹊多谩语”等。有反映商人生活的，如《长相思》的“哀客在江西”等。有表达妓女痛苦的，如《望江南》的“莫攀我”等。还有歌颂真挚的爱情的，如《菩萨蛮》的“枕前发尽千般愿”等。从以上所举的一些例子可以见到敦煌词所反映的生活面相当广。它的形式也很多样，有小令，也有长调，风格朴素，语言清新。虽然它的内容也有糟粕，艺术手法也还粗糙，但从上述这些特点看来，在词的初期历史上，还是有它重要的地位的。

下面举几首词作例子来加以说明：它们有写征夫和思妇心情的，有写男女爱情的，有写妓女愤慨的。

先来谈谈《鹊踏枝》，它的原文是这样：

叵耐灵鹊多谩语，送喜何曾有凭据。几度飞来活捉取，锁上金笼休共语。　　比拟好心来送喜，谁知锁我在金笼里。欲他征夫早归来，腾身却放我向青云里。

这首词运用了拟人化的手法，通过妇人与灵鹊的对话，表达了妇人复杂的思念丈夫的情感。人们都说灵鹊会报喜，她也希望灵鹊来向她报告丈夫归来的喜讯。但是灵鹊飞来却不见丈夫回来，她就迁怒于灵鹊，抱怨它报喜不灵，害她空欢喜一场，于是她把这只灵鹊捉住锁在金笼子里来惩罚它。下半首写灵鹊的答话："本来好心来给你送喜讯，谁知你却把我锁在金笼里。"这是灵鹊对人的抱怨，但它了解这位妇人的心情，并不十分埋怨她，却希望她的丈夫早日回来，到那个时候，他们夫妻团圆，过着和平幸福的生活，一定会高兴地把我放出金笼，让我高飞，直上青云。

整首词通过人和灵鹊的对话，写出妇人对和平幸福生活的热烈向往。表现手法相当新颖、灵活，语言也活泼生动，是民间词里的一首好作品。

再看另外一首《菩萨蛮》：

枕前发尽千般愿，要休且待青山烂，水面上秤锤浮，直待黄河彻底枯。　白日参辰现，北斗回南面。休即未能休，且待三更见日头！

这首词是表现男女间真挚的爱情的。全首写青年男女相爱的誓辞，连说六件绝不可能成为现实的事情：青山烂，水面上浮秤锤，黄河干得见底，白天看见星星，北斗回南面。有了这五件还不算数，最后更加强语气说：即使这五件事都实现了，而我们的爱情还是不能中断，除非是半夜三更出现了太阳！

词中用六件绝不可能实现的事情，来表达爱情的坚定。又运用许多重复的字句："要休"、"未能休"，一个"直待"，两个"且待"，都是用急切的口吻，表示热烈的心情。

这首词和汉乐府的一首《上邪》，在表达感情和运用手法上都很相似，这两首，都是民歌中的杰作。

末了谈谈《望江南》：

莫攀我，攀我太心偏，我是曲江临池柳，者（这）人折折那人攀，恩爱一时间。

这首词，是用妓女的口吻叙述了她们被侮辱、被损害的生活，表达了她们内心的无限恼恨和悲哀。

妓女把自己比做曲江池畔的杨柳，任人攀折，不能自主。没有人真心爱过她，他们所谓的“恩爱”只不过是一时的玩弄而已。这首词极深刻地反映了封建社会中把妓女不当人看待的残酷的事实，使人同情妓女的不幸遭遇，憎恨那个不合理的社会制度。

这些民间词，是写真实情感的好诗歌，它以清新朴素的风格影响着当代的诗人和词人，比起后来文人清客们的游戏消闲的作品，价值高得多。虽然民间词有些篇章在文字上还存在着许多缺点，但是我们仍然应该重视它，因为它是唐宋词反映现实的萌芽。

中唐时代的文人词

词的音乐（燕乐）在盛唐时代已经流行，它配合长短句的词句，比较相称。但是一般文人总还是比较保守，不容易接受长短句的形式，所以盛唐时代的初期，有许多配合“大曲”的词，还是用五七言绝句来写的（“大曲”是用许多遍数、好几部音乐合奏的有歌有舞的曲调）。这些作品在宋代郭茂倩编的《乐府诗集》中可以看到。这种以绝句配合“大曲”的作品，音乐性不强，艺术性也不高，所以不大流行。

到了中唐时代，有些比较能接受民间文学的名作家，如张志和、王建、刘禹锡、白居易等，开始用长短句来填词，写出了许多著名的作品。现在举几个例来谈谈。

张志和的《渔歌子》：

西塞山前白鹭飞，桃花流水鳜鱼肥。青箬笠，绿蓑衣，斜风细雨不须归。

这首词里所写的感情与劳动人民的感情原有距离，实际上是描写士大夫爱自然、爱闲适、爱自由的心情。它虽然美化了渔夫生活，也是对仕途不满的一种表示。

这首词主要是描写人的心境，头两句用美好的自然景物来烘托。他描绘了一幅青山前面白鹭飞翔、色彩鲜明的画，在桃花流水中，又游着肥肥的鳜鱼，这是多么优美的境界。这样用景物衬托人物心情，比直接点明主题好得多。这可见它的艺术手法。

后来的士大夫称这首《渔歌子》是“风流千古”的名作。苏东坡与黄山谷都曾把这首词里的句子，用到自己的词中。这首词在当时就有许多人唱和，后来编成一本唱和集。这是当时文人中最早的一本词的唱和集。

现在我们再谈谈王建的《宫中调笑》。从这个调名，可以看出词在当时宫廷中原是玩弄、调笑的作品。但是到文人王建作这首《调笑令》时，它的思想内容就有了提高。

王建是以写同情妇女的诗歌著名的，其中像："闻有美人新进入，六宫未见一时愁。"六宫宫女虽然还没见到新选来的女子，但是因为觉得自己得到皇帝宠幸的机会更少了，所以大家都一齐发愁。这是描写这班不幸宫女的愁苦心情的好作品。他这首《宫中调笑》是这样写的：

团扇，团扇，美人病来遮面。玉颜憔悴三年，谁复商量管弦？弦管，弦管，春草昭阳路断。

这首词开头用团扇起兴，我们看到"团扇"两字，就会想到汉朝宫妃班婕妤写的咏团扇诗。她以秋扇被抛弃，比喻宫女失宠的身世。美人用团扇遮面，因为病容憔悴怕见君王。学习管弦，原是为了要得到皇帝的宠爱，而现在管弦对她还有什么用处呢？所以重复两句"弦管，弦管"，是感叹的话。昭阳是指汉成帝宠妃赵飞燕所住的昭阳殿，由于飞燕得宠，皇帝不再到别的宫女那边去了，所以从昭阳殿到别宫的路上没有人迹，长满了青草。这是这个美人失宠的原因，也是她得病的原因。把这句主要的话放在末了点出，很有深意。

《调笑令》的第四句，必须将第三句最后两个字颠倒过来重复两次，这就是调笑的口吻，但是王建这首词中，却把它变为感叹的口气，它的思想内容就提高了。

《竹枝词》与《柳枝词》都是大家所熟悉的文学体裁，《竹枝》是四川民歌，《柳枝》是唐代洛阳新曲。刘禹锡、白居易作的最多。

刘禹锡的一首《竹枝》是这样写的：

杨柳青青江水平，闻郎江上唱歌声。
东边日出西边雨，道是无晴却有晴。

完全采用民歌形式。用双关语来描写青年男女的爱情，也是民歌常用的手法。

白居易的《竹枝》，都明白如话，也是接近民歌的。像这一首：

瞿塘峡口水烟低，白帝城头月向西。
唱到竹枝声咽处，寒猿暗鸟一时啼。

另外有一首《柳枝》：

红板江桥清酒旗，馆娃宫暖日斜时。

可怜雨歇东风定，万树千条各自垂。

末两句写杨柳的神态极好。白居易还有像《忆江南》这样的作品：

江南忆，最忆是杭州。山寺月中寻桂子，郡亭枕上看潮头。何日更重游。

这是大家所熟悉的，不必多介绍了。

刘禹锡、白居易所作的长短句词，风格仍与绝句、民歌相近，到后来温庭筠的词，才完全是另外一种面貌了。

花间词体

《花间集》是五代时后蜀人赵崇祚编的一本词选，一共选了五百首词。欧阳炯作的《花间集叙》说："则有绮筵公子，绣幌佳人，递叶叶之花笺，文抽丽锦；举纤纤之玉指，拍案香檀。不无清绝之辞，用助娇娆之态。"这是说：豪门贵族的公子、佳人们，将词写在花笺上，举纤纤的玉指，按着拍板来唱。他们所写的都是清丽的文辞，用来配合娇柔的舞姿。可见他选词的目的是偏重于应歌的。他所选的作家，从温庭筠、皇甫松、韦庄到和凝、孙光宪、李珣共十八家。欧阳炯序作于后蜀广政三年（940），那时温庭筠已死了七十年左右了。皇甫松、孙光宪几家都不是西蜀人，之所以把他们选在一处的原因是由于他们的作风与西蜀词人有共同性：华丽的字面，婉约的表达手法，集中来写女性的美貌和服饰以及她们的离愁别恨，这样就构成为一个"花间"词派的整体。在这些作品里，反映出当时城市经济的社会基础和上层社会的享乐生活。西蜀词人大多是宫廷豪门的清客，在政治上没有重要的地位，生活空虚，文化水平也不很高，词的内容便很单调、贫乏了。

然而《花间集》的一部分作品是间接受到民歌的影响的。因为这派作者作词的动机是为了配合歌唱，与南朝长江上游的民歌有间接关系。有极少数的作品风格就很近民歌，如：顾敻的《诉衷情》："换我心，为你心，始知相忆深！"等。又如牛希济的《生查子》：

> 新月曲如眉，未有团栾意。红豆不堪看，满眼相思泪。　终日劈桃穰，人在心儿里。两朵隔墙花，早晚成连理？

这是一首描写爱情的词。"新月"二句是说与爱人不能团栾，引出下面的相思。从红豆感到相思之苦。"人在心儿里"，字面上是写桃仁在桃核中，意思是说所爱的人在我心里。用双关语作歌是民歌的常用手法。这首词主要是写相思之情，通过新月、红豆、桃穰、隔墙花四种物件来表达要与所爱的人团栾成双的愿望。

另一种风格是欧阳炯、李珣诸人所描写南方风物的《南乡子》，这在《花间集》中也是有突出价值的作品。现在先看看欧阳炯的两首《南乡子》：

路入南中，桄榔叶暗蓼花红。两岸人家微雨后，收红豆，树底纤纤抬素手。

岸远沙平，日斜归路晚霞明。孔雀自怜金翠尾，临水，认得行人惊不起。

第一首词中所描写的“桄榔叶”、“蓼花”、“红豆”，第二首描写的“孔雀”，都是南方特有的风物。前首写南方的风景，写出了少女们采撷红豆的情景，是一幅富有生活气息的图画。后一首描写孔雀临水照影，金翠尾与晚霞相照映，也构成了一幅色彩鲜艳的画面。

现在再看看李珣的两首《南乡子》：

乘彩舫，过莲塘，棹歌惊起睡鸳鸯。带香游女偎伴笑，争窈窕，竞折团荷遮晚照。

相见处，晚晴天，刺桐花下越台前。暗里回眸深属意，遗双翠，骑象背人先过水。

这两首词很形象地刻画了人物的情态。第一首写一群小姑娘在莲塘里乘船嬉戏的情景，灵活、逼真地描绘了少女们的害羞、娇憨。下一首描写少女细腻的感情和行动。这是写一个女孩子遇到自己喜爱的情人，怕人看见，只好偷偷地用眼神传达对他的情意，并且假装掉下了双翠羽（是女子的首饰），背着人骑象先过河去等候他。词中所写的“刺桐花”、“越台”、“骑象”也都是南方特有的风光。

不同风格的温（庭筠）、韦（庄）词

温庭筠、韦庄是花间派的著名词家。前人读唐五代词，时常把温庭筠、韦庄两家相提并论，认为两人词风是差不多的。实际上他们是代表着两种不同的词风。就他们两人的诗风论也是如此：温庭筠诗近李商隐，韦庄诗近白居易；他们的词风与诗风正是一致的。作品风格的不同决定于他们两人的不同的生活遭遇。

温庭筠出身于没落贵族家庭，虽然一生潦倒，但是一向依靠贵族过活。他的词主要内容是描写妓女生活和男女间的离愁别恨的。他许多词是为宫廷、豪门娱乐而作，是写给宫廷、豪门里的歌妓唱的。为了适合于这些唱歌者和听歌者的身份，词的风格就倾向于婉转、隐约。他的词中也偶然有反映他个人感情，写自己不得意的哀怨和隐衷的，由于他不敢明白抒写自己的感情，所以要通过这种婉转、隐约的手法来表达。这些作品就很自然地继承六朝宫体的传统。由于继承这个文学传统，由于宫廷、都市的物质环境，形成温庭筠词的特色：一是外表色彩绮靡华丽，二是表情隐约细致。这正是没落贵族落拓文士生活感情的一种表现。

韦庄虽然也出身于没落贵族家庭，但他五十九岁才中进士，在这以前生活很穷苦，漂泊过许多地方，这种漂泊的生活占据了他一生的大部分岁月。他晚年在前蜀任吏部侍郎、平章事（平章事就是宰相），第二年就死了。大半生的漂泊生活，使他能接受民间作品的影响，使他的词在当时词坛上有它独特的风格。

正是这种不同的生活遭遇形成了他们两人不同的文学风格，简单地说：温庭筠“密而隐”，韦庄“疏而显”。现在我们先来看看温庭筠的具体作品《梦江南》：

梳洗罢，独倚望江楼。过尽千帆皆不是，斜晖脉脉水悠悠。肠断白蘋洲。

这首词描写一个女子等待所爱的人而终究失望的心情。她所爱的人是从水路坐船归来的，她从早到晚倚楼望江，希望眼前过去的船只中有一只载他归来，会停在她的楼前。然而“过尽千帆皆不是”，从清晨“梳洗罢”直望到黄昏，仍不见他归来。这“过尽千帆皆不是”一句，一方面写眼前的事实，另一方面也有寓意，含有“天下人何限，慊慊只为汝”的意思，说明她爱情的坚贞专一。清代谭献“红杏枝头侬与汝，千花百草从渠许”词句和这意思也相近。

王国维《人间词话》说：“一切景语皆情语。”这首词“斜晖脉脉”是写黄昏景物，夕阳欲落不落，似乎依依不舍。这里点出时间，联系开头的“梳洗罢”，说明她已望了整整一天了。但这不是单纯的写景，主要还是表情。用“斜晖脉脉”比喻女的对男的脉脉含情，依依不舍。“水悠悠”可能指无情的男子像悠悠江水一去不返（“悠悠”在这里作无情解，如“悠悠行路心”是说像行路的人对我全不关心）。这样两个对比，才逼出末句“肠断白蘋洲”的“肠断”来。这句若仅作景语看，“肠断”二字便无来源。温庭筠词深密，应如此体会。

小令词短小，造句精炼、概括。这首小令做到字字起作用，即闲语也有用意，前文所举各句之外，如开头的“梳洗罢”是说在爱人未到之前，精心梳洗打扮好等他来，也有“女为悦已者容”的意思。又，古时男女常采蘋花赠人，末句的“白蘋洲”也关合全首相思之情。

这词字字都扣紧作者所要表达的思想感情，如电影中每一场景、每一道具都起特定的作用。《花间集》里的小令，只有温庭筠这种作品能做到如此。

下面再看看他另一首《更漏子》：

> 柳丝长，春雨细，花外漏声迢递。惊塞雁，起城乌，画屏金鹧鸪。　香雾薄，透帘幕，惆怅谢家池阁。红烛背，绣帘垂，梦长君不知。

《更漏子》就是“夜曲”。从前把一夜分成五更，“更漏”是指古代用铜壶滴漏来计算时刻。“子”就是曲。词调里如《生查子》、《采桑子》等，都以“子”为名，“子”就是“曲子”的简称。

这一首是描写相思的词。上片开头三句是说：在深夜里听到遥远的地方传来的漏声，这声音好像柳丝那样长，春雨那样细。由此可知，已经是夜深人静的时候了。同时也点出人的失眠，因为只有深夜失眠的人，才会听见这又远、又细、又长的声响。

下面“惊塞雁”三句是说：这漏声虽细，却能惊起边疆关塞上的雁儿和城墙上的乌鸦，而只有屏风上画的金鹧鸪却不惊不起，无动于衷。事实上细长的漏声是不会惊起“塞雁”与“城乌”的，这是作者极写不眠者的心情不安，感觉特别灵敏。

这首词上下片的两结句，都十分简练，而含意深长。“画屏金鹧鸪”是上片的结句。它前面“惊塞雁”、“起城乌”两句，都冠以动词，为什么独“画屏金鹧鸪”句不着一个动词？鹧鸪不惊不起，是何道理？这使我们想起温庭筠《菩萨蛮》词中有“双双金鹧鸪”之句，由此可悟这首词写金鹧鸪不惊不起，是由于它成双成对，无忧无愁。这样写的目的，正是反衬人的孤独。这句如果只看单纯的写景而不联系感情，那就和全首词写相思的主题毫无关系了。

下片结句点明“惆怅”的原因，也很隐微曲折。一首四十多字的小令，而写来这样婉约、含蓄，这正是温庭筠小令的特有风格。

从上面谈到的具体作品，我们可以大致了解温庭筠词的风格。他加强了词的组织性，用暗示、联想的手法，使它能表达五、七言诗不能表达的内容情感；这是当时许多人创作经验的累积，也是温庭筠个人努力的成绩。不过，由于他过分讲究文字声律，因而产生了许多流弊，使词这种新文学趋向格律化，使它成为文人的专用品，逐渐远离人民。同时，由于文人的阶级意识和生活的限制，作品内容日益空虚，远不及敦煌民间词的广博深厚。这是温庭筠词的缺点，也是后来花间派词的共同缺点。

词在民间初起的时候，本来是抒情文学，后来这种文学传入宫廷、豪门与文人之手，他们阉割了它的思想内容，只拿它作为娱乐调笑的工具，《宫中调笑》这个调名就明显地说明了这个转变。晚唐五代文人作词，大部分是为了宫廷、豪门的娱乐。在这班作家里能写他自己个人生活情感的，韦庄是比较突出的一位。虽然温庭筠的词里也许有他自己的生活情感，但是他的创作动机主要是为应歌。韦庄的词虽然也有为应歌而作的，但是他的创作动机主要是为抒情的。

晚唐五代文人词大都为应歌而作，缺乏真挚的感情。其间也有一部分文人拿词作为抒情工具，使它逐渐脱离音乐而自有其文学的独立生命。韦庄在五代文人词内容日益堕落的时候，重新领它回到民间抒情词的道路上来，他使词逐渐脱离音乐而有它的独立生命。虽然他的词内容还不够广泛，描写不够深刻，但是，这在五代文人词浮艳虚华的气氛里，他这类抒情的作品是不可多得的。这个倾向影响了后来苏轼、辛弃疾等大家，我们如果认为苏、辛一派抒情词是唐宋词的主流，那么，在这个主流的源头上，韦庄是值得我们重视的一位作家。

我们谈过了温庭筠的具体作品，现在拿韦庄的作品和他比较一下，就能看出他们明显的不同的风格。韦庄有两首《女冠子》：

四月十七，正是去年今日。别君时，忍泪佯低面，含羞半敛眉。　　不知魂已断，空有梦相随。除却天边月，没人知。

昨夜夜半，枕上分明梦见。语多时，依旧桃花面，频低柳叶眉。　　半羞还半喜，欲去又依依。觉来知是梦，不胜悲。

第一首的上片写情人相别，下片写别后相思。第二首的上片是因相思而入梦，下片结句写梦醒。两首写一件事，这和敦煌曲子词的两首《凤归云》相似，都是“联章体”。

第一首的开头明记日月毫无修饰，这是民间文学的朴素的风格，在文人词中是很少见的。整首词略有作意的只是末两句：“除却天边月，没人知。”含意也是明白易懂的。

一般文人词都很重视结句，小令的结句尤其如此。温庭筠写梦的小令，如《更漏子》结句：“红烛背，绣帘垂，梦

长君不知。”《菩萨蛮》结句：“花落子规啼，绿窗残梦迷。”都写得婉约含蓄，不肯明显地道出感情，这和韦庄词的手法是完全不同的。再看韦庄另一首《思帝乡》：

春日游，杏花吹满头。陌上谁家年少足风流。妾拟将身嫁与一生休。纵被无情弃，不能羞！

这是文人词中描写爱情极突出的一首，十分像民歌。韦庄这首与我们前面讲过的敦煌曲子词《菩萨蛮》的“枕前发尽千般愿”一首，内容虽然不尽相同，但感情的热烈、真挚却没有两样。这样真率抒情，像元人散曲，很明显是受民间作品的影响。温庭筠写爱情的词，最明朗的像“偷眼暗形相，不如从嫁与，作鸳鸯”。他至多只能说到这样，与韦庄的作品比较起来，仍是婉约含蓄的。

温、韦词的风格虽然有较大的差异，但是他们同是晚唐五代著名的词家，在同一时代的文学风气之下，他们的词风自然也异中有同。温庭筠词的特征是深密，但也有较疏的，如《更漏子》：“梧桐树、三更雨。”这是近于韦庄的。韦庄词很疏快，但像《木兰花》“独上小楼春欲暮”，《浣溪沙》“清晓妆成寒食天”，这两首却是近于温庭筠的，这是异中之同。在这里所谈的是要辨别两家词的特色。文人气息和民间气息的孰浓孰淡，是他们两家作品风格的不同之处。这不仅是艺术手法差异，主要是决定于他们两人的不同的生活遭遇。

温庭筠的《菩萨蛮》

小山重叠金明灭，鬓云欲度香腮雪。懒起画蛾眉，弄妆梳洗迟。　照花前后镜，花面交相映。新贴绣罗襦，双双金鹧鸪。

温庭筠这首《菩萨蛮》是描写一个女子的孤独苦闷的心情。开头两句是写她褪了色走了样的眉晕、额黄和乱发，是隔夜的残妆。“小山”是指眉毛（唐明皇造出十种女子画眉的式样，有远山眉、三峰眉等等。小山眉是十种眉样之一），“小山重叠”即指眉晕褪色。“金”是指额黄（在额上涂黄色叫“额黄”，这是六朝以来妇女的习尚）。“金明灭”是说褪了色的额黄有明有暗。第二句的“鬓云”指头发，“香腮”是面颊，全句是说乱发垂在面上。三、四两句写刚起床时“弄

妆”，用一“懒”字、一“迟”字，是由外表进入到内心的描写。

下片开头两句写妆成之后的明艳，极写其人之美。整首词只是写这女子从起身梳妆到妆成着衣，最后两句写穿衣时忽然看见衣服上有新贴的双双金鹧鸪，全词就说到这儿为止，并没有明显地写出她看到双双金鹧鸪时的心情。但是读者从“双双”两字联系上文是能领会作者的寓意的。这两字是反写这女子的孤独，看见衣服上的金鹧鸪都是双双对对的，就使她触景生情，自怜孤独。全篇点睛的是“双双”两字，它是上片“懒”和“迟”的根源。全词描写女性，这里面也可能暗寓这位没落文人自己的身世之感。至若清代常州派词家拿屈原来比拟，说“照花前后镜”四句即《离骚》“初服”之意（见张惠言《词选》），那无疑是附会太过了。（《离骚》：“退将复修吾初服。”“初服”是说我原来穿的衣服。）

这首词代表了温庭筠的艺术风格：深而又密。深是几个字概括许多层意思，密是一句话可起几句话的作用。这首词短短的篇章，一共只八句，而深密曲折如此，这是唐人重含蓄的绝句诗的进一步的演化。

论韦庄词

韦庄的老家在京兆杜陵，即今陕西长安附近。杜陵的韦姓，是唐代的世家大族。韦庄的远祖韦待价，是武后时的宰相。后来出过一位名诗人，就是韦庄的四世祖韦应物。韦庄是词家又是诗人。他晚年曾住成都浣花溪上杜甫草堂的旧址，因而他的诗集名《浣花集》。《浣花集》原本廿卷，现在只存十卷，共有诗二百四十六首。合之后人所辑，也不满四百首。据他的《乞采笺》歌“我有诗歌一千首”看来，该有不少诗篇已经散佚了。他的词《全唐诗》共收五十四阕，其中四十八阕载于《花间集》。在《花间集》里各作家中，韦庄词数量之多，仅次于温庭筠。以时代说，他是温庭筠以后的一位重要作家；以作品风格说，他和温庭筠是不尽相同的。

韦庄生于唐文宗开成元年（836），死于蜀高祖武成三年（910），得年七十五岁。（参阅拙著《唐宋词人年谱·韦

温、韦词的同中之异

温庭筠词和韦庄词并称“温韦”。他们在《花间集》里是两位突出的词家。《花间集》选录晚唐五代十八家词五百首，其内容大都描写上层阶级的冶游享乐生活和离情别绪，其语言多秾艳软媚。温、韦是花间派的代表作家，他俩的词可以说是大同小异：温词较密，韦词较疏；温词较隐，韦词较显。

温词向来以秾丽婉约著称，他作《菩萨蛮》十四首，往往在一首或一片里，叙说好几件事或好几层意思，如：

> 水精帘里玻璃枕，暖香惹梦鸳鸯锦。江上柳如烟，雁飞残月天。

这四句是一首词的上片，它写出两个人物和两种环境，并映托出他们的两种心情。上两句是指居者，下两句是指行者；上两句描写居者的环境是这样舒适温暖，下两句写行者的环境是那样凄清寂寞。两者相形，自然显出怨别伤离的情绪，不必更着“愁”、“恨”等等字面了。从这半阕《菩萨蛮》，可以说明温词的细腻程度。

韦庄也有五首《菩萨蛮》，且举一首为例：

人人尽说江南好，游人只合江南老。春水碧于天，画船听雨眠。　　垆边人似月，皓腕凝双雪。未老莫还乡，还乡须断肠。

这首词的内容是说游人到了江南，就被它吸引住，不愿意离开它。开头两句和结尾两句直接说明了这个意思。那末，江南究竟好在哪里呢？作者用上片下两句和下片上两句作了回答。上片下两句赞美江南的水乡，下片上两句赞美江南的美女。总的意思是赞美江南。

其他如“如今却忆江南乐”、“劝君今夜须沈醉”诸首，也都如此，比起温词，它显得自有疏朗的风格。韦庄词并且有好几首合说一件事、一个意思的，最明显的例子是《女冠子》：

四月十七，正是去年今日。别君时，忍泪佯低面，含羞半敛眉。　　不知魂已断，空有梦相随。除却天边月，没人知。

昨夜夜半，枕上分明梦见。语多时，依旧桃花面，频低柳叶眉。　　半羞还半喜，欲去又依依。觉来知是梦，不胜悲。

第一首的上片写情人相别，下片写别后相思；第二首的上片写由相思而入梦，下片结句写梦醒后的悲苦。两首合起来只写一件事。前人论文有“密不容针”、“疏可走马”的说法，这正可用来分别评论温庭筠、韦庄两位词家的某些小令的不同风格。

次说“隐”、“显”之别，也可以举《菩萨蛮》为例。温庭筠词如：

小山重叠金明灭，鬓云欲度香腮雪。懒起画蛾眉，弄妆梳洗迟。　　照花前后镜，花面交相映。新贴绣罗襦，双双金鹧鸪。

全首都写女子的妆饰，上片从宿妆写起，到起床后梳洗。下片“照花前后镜”两句写妆成，末了以穿着“新贴绣罗襦”作结，好像没有一字说到这女子的情感；细读才知上片结句“懒”字、“迟”字已暗点情感，到下片结句拈出“双双金鹧鸪”的“双双”两字，乃从反面衬托出这个女子的孤独。这是隐曲婉约的写法。

再看韦庄《菩萨蛮》“人人尽说江南好”，全首一气直下，没有一句隐晦难懂的话。韦庄还有一首极“显”的例子，那是《思帝乡》：

> 春日游，杏花吹满头。陌上谁家年少足风流。妾拟将身嫁与一生休。纵被无情弃，不能羞！

清代贺裳《皱水轩词筌》里评这首词说：“小词以含蓄为佳，亦有作决绝语而妙者，如韦庄‘陌上谁家年少足风流。妾拟将身嫁与一生休。纵被无情弃，不能羞！’之类是也。”

温庭筠作这类恋情词，最直率的也只能如《南歌子》词中所说：“偷眼暗形相，不如从嫁与，作鸳鸯。”而韦庄词于“一生休”之下，却又加上“纵被无情弃，不能羞”两句，简直是说到尽头了。温庭筠一派婉约词，在晚唐五代很流行。后人便以“婉约”作为词的标准。像韦庄这类酣恣淋漓近乎元人北曲的抒情作品，在五代文人词里是很少见的；只有当时的民间词如敦煌曲子等，才有这种风格。这是韦庄词很可注意的一个特点。

把文人词带回到民间作品的抒情道路上来

上文举韦庄词“疏”、“显”两种风格，是拿温庭筠的词比较来说的。我们若从韦庄词整个风格看，应该说他的作品的最大特征，是把当时文人词带回到民间作品的抒情道路上来，又对民间抒情词给以艺术的加工和提高。这是他在词的发展史上最大的功绩。

词在民间初起时，本来是抒情的文学。敦煌曲子里的作品，大都是反映民间生活的真情实感的。后来这种文学传入宫廷和贵族大家，他们阉割了它的思想内容，拿它的音乐和形式作为酒边花间娱乐调笑之用，“宫中调笑”这个词牌名就是这个过程最明显的说明。晚唐五代文人作词的动机大多数是为了供皇家、贵族和士大夫们的娱乐，而不是为了写自己的真实情感的。花间一派以温庭筠为宗，是晚唐五代文人词的代表作家。温庭筠词十之八九是写妇女的。纵使他的词里有些句子反映了作者自己个人的情感，那也是十分隐晦微弱的。文人词能写自己个人生活情感的，在唐五代虽然不能说韦庄是仅有的例子，但是可以说韦庄是突出的例子。像他的《菩萨蛮》：

洛阳城里春光好，洛阳才子他乡老……

人人尽说江南好，游人只合江南老……

如今却忆江南乐，当时年少春衫薄……

以上各首，都是写他自己的浪游情绪的。《女冠子》二首，明记月日，当也是他自己的情事。又如《谒金门》：

空相忆，无计得传消息。天上姮娥人不识，寄书何处觅？　新睡觉来无力，不忍把君书迹。满院落花春寂寂，断肠芳草碧。

《荷叶杯》二首：

绝代佳人难得，倾国。花下见无期。一双愁黛远山眉，不忍更思惟。　　闲掩翠屏金凤，残梦。罗幕画堂空。碧天无路信难通，惆怅旧房栊。

记得那年花下，深夜。初识谢娘时。水堂西面画帘垂，携手暗相期。　　惆怅晓莺残月，相别。从此隔音尘。如今俱是异乡人，相见更无因。

《浣溪沙》一首：

夜夜相思更漏残，伤心明月凭阑干，想君思我锦衾寒。　　咫尺画堂深似海，忆来惟把旧书看，几时携手入长安。

以上诸首，都是忆旧欢和悼念亡姬之作。杨偍《古今词话》说为王建夺去的宠姬而作，不可信，拙著《韦端已年谱》

中曾予以辨明。

上引诸词，从量方面说，在韦庄现存的四十八首里就有十首左右，约占五分之一；从质方面说，它在抒情词里虽然还嫌内容不够广泛，描写不够深刻；但是它的发展前景，那就是开李煜和苏轼、辛弃疾词的先河。在晚唐五代文人词浮艳虚华的气氛里，居然出现韦庄这些抒写生活情感的作品，那是不容忽视的。

前人论词，以“婉约”为正宗，以为作词必须含蓄曲折，有不尽之意，才算合格。这种风气开端于温庭筠一派文人词。唐代的民间词，原来并不如此：它们以直率坦白的语言写热烈真挚的情感，往往是以一吐为快的；举敦煌曲子里《菩萨蛮》一首作例：

> 枕前发尽千般愿，要休且待青山烂，水面上秤锤浮，直待黄河彻底枯。　　白日参辰现，北斗回南面。休即未能休，且待三更见日头！

拿它来比韦庄的《思帝乡》“春日游，杏花吹满头”一首，含意未必全同：前者写“之死矢靡它”之坚决，后者写“一见倾心”的向往，而情感的热烈却没有两样。虽然在韦庄词里这类作品并不多，最著名的也只有这一首。但是在文士们以婉约含蓄为正宗的文学气氛里，居然有这么一首，也可说是独放异彩了。

今存的韦庄词十之八九见于《花间集》中。《花间集》所选的大都是“镂玉雕琼”、“裁花剪叶”（《花间集序》语）的作品，我想韦庄这类热情奔放的作品也许不止这一首，可能因为不被选入《花间集》，就从此亡佚了。

从三方面说明韦庄词如何走上抒情的道路

韦庄词所以会走上这条抒情的道路，我以为可从三方面来说明：

1. 唐宋词人兼擅诗词两种文学的，他的词风往往和他的诗风相近似。温庭筠的诗从梁陈宫体、六朝赋而来，讲究对仗，注重字面的华丽，他的诗风如此，词风也如此。韦庄诗朴素平直，善于抒情，接近白居易。他的长诗《秦妇吟》和白居易的《长恨歌》、《琵琶行》风格很接近。他的《浣花集》里并且误入白居易的作品。韦庄的词如《女冠子》（四月十七）、《思帝乡》（春日游）诸首，都浅显如话，也正和他的诗风相一致。

2. 温、韦两家诗风词风不同，是由于他们的生活和生活态度不同。温庭筠出身于没落贵族家庭，虽然一生潦倒，但是一向依靠贵人过活。他的诗集里有许多酬赠官僚的作品，他的词也和贵人脱不了关系：据传他的好几首《菩萨蛮》词，就是令狐绹托他代唐宣宗作的。韦庄五十九岁登第以前，流落江湖，除四十八岁逃出长安时一度献诗投靠于镇海军节度使周宝外，很少和贵人来往。他的诗集相与酬答的大都是秀才和尚一流人。由于时代的动乱，生活的贫困，迫使韦庄五十以后还为求食求官奔走四方，这和白居易少年时代的身世很相似。他的诗风近似白居易，因此也就影响到他的词风。

3. 韦庄的诗和词都有民间气息，他的词用民间文学体裁，和敦煌曲子相近，例如前面所举的《女冠子》用两首咏一件事，就是民间的联章体。敦煌曲子词里的《凤归云》、和凝的《江城子》等都是联章体。韦庄的《思帝乡》的情感和语言尤接近民间文学，这自然和他较多地接触民间生活有关系。

韦庄词和音乐的关系

还有一点值得注意的，是韦庄词和音乐的关系。晚唐五代的文人词大都为应歌而作。《旧唐书·温庭筠传》说庭筠混迹妓院，“能逐弦吹之音为侧艳之词”，这和北宋柳永为妓女填新腔，同一情形。他们创作的目的，只是为“绮筵公子、绣幌佳人”作“清绝之词，助娇娆之态”（《花间集序》语），它是不大需要有作者的情感的；这类作品里的作者个人情感太浓厚的话，有时反而会妨碍它的娱宾遣兴的广泛效果。所以这类作品的内容大都是浅薄、单调，有的只是袭用古人的成作，冯延巳的《长命女》词完全袭用白居易诗，就是一个例子。《花间集》里不但有像鲁迅所说写钉梢的词，以至有比钉梢更甚的作品，这类作品所以居然入选，就只是由于它有协乐应歌的作用。宫廷、贵族、士大夫所喜爱的应歌词，它的流弊会使词走向空虚、堕落的道路。到了五代时，词的流弊已经很明显了。

文人拿词做抒情工具，使它逐渐脱离了音乐而自有其文学的独立生命的，在北宋是著名的作家苏轼。苏轼以前要数到李煜和韦庄。我们原不能说韦庄的词完全不是为应歌而作，在那个时代里那是不可能的；但他的词因为有自己的生活内容，因为他是拿词作为抒情工具的，便自然会和那些只为应歌而作的作品分路了。我们读他的《谒金门》、《女冠子》这类词，有那样洋溢的生活感情，是不可能想象它是只为应歌而作的。

文学本身既然有其真实的生活情感，它自然不必更倚仗于其他条件——如华丽的字面和动听的音乐等。后来的李煜、苏轼、辛弃疾的词都是如此。温庭筠就不如此，他的词里虽然也许有些抒情的成分，但他的创作动机主要是为应歌的。这犹之韦庄词虽然也可以应歌，但他的创作动机主要是为抒情的。这是温、韦两家词的根本不同之处。

韦庄抒情词的影响

就词这种文学在文人手中初期发展的形势和它后来的影响论，我们对韦庄的看法是：他在五代文人词的内容走向空虚堕落途径的时候，重新领它回到民间抒情词的道路上来；他使词逐渐脱离了音乐，而有独立的生命。这个倾向影响后来的李煜、苏轼、辛弃疾诸大家。当然，李煜、苏轼、辛弃疾在抒情词方面的成就，又各自不同：李煜是亡国之君，其词多家国之痛，乃用血泪写成者。苏、辛两家在词坛上开创了一个词派——豪放派，他们用词这个文学体裁来抒写自己的性情、学问、胸襟、抱负，他们对词坛的贡献和影响远非韦庄可比拟。但是，我们若认为李煜、苏、辛一派抒情词是唐宋词的主流，那么，在这个主流的源头上，韦庄是应该得到重视的一位作家。

本文开头依据《新唐书·宰相世系表》，论定诗人韦应物是韦庄的四世祖。日本京都大学的清水茂先生不同意这一说法。他说世系表不可尽信；韦庄若是韦应物的后裔，不应诗文中无一语提及。（见日本京都大学《中国文学报》对拙著《唐宋词人年谱》的评文）案《新唐书》世系表原多谬误，宋人洪迈的《容斋随笔》、清人王鸣盛的《十七史商榷》、钱大昕的《廿二史考异》、沈炳震的《唐书宰相世系表》等书都已举出；但是关于韦应物、韦庄祖孙关系这一问题，清水茂先生不曾举出确凿的反证。本文姑依旧说，史学方家，幸辨订之。

南唐词

西蜀、南唐，为五代歌词繁殖之地。前文介绍的花间词体和《花间集》，它的作者大都是西蜀的词人。在晚唐五代与西蜀词并峙的，还有长江下游的另一个词派——南唐词。

南唐、西蜀这两个国家的都城，一个在长江下游的南京，一个在长江上游的成都。这是两个很富庶的地方，又都没有遭到五代的兵祸，他们的统治阶级和宫廷贵族过着歌酒升平的生活。南唐词与西蜀词一样，都是在宫廷和豪门享乐的基础上发展起来的。但是南唐的文化比西蜀高，南京自三国以来就是南方政治和文化的中心。西蜀词的作者大都是宫廷豪门的清客，而南唐词的作者大都是统治阶级人物，有很高的政治地位和文化水平。这两个词派的来源也完全不同，西蜀词大部分是从民间来的。由于西蜀词的作者大都是宫廷豪门的清客，他们不继承民歌的朴素清新的优点，却吸收了它的糟粕，并发展了它的不健康的情绪。至于上文谈过的几首《南乡子》，那在《花间集》中是不可多得的。南唐词多半从唐代的抒情七绝来，其中李煜等人的作品则以抒情为主，感情较深挚，风格也较高，就其对后代的影响来说也比西蜀词好。

南唐词的主要作家是冯延巳和南唐二主——李璟、李煜。

南唐中主李璟，他在位的十九年中，都在忧愁悔恨中过日子，由于他即位以后多次向邻国挑衅，引起北方的周世宗的几次亲征南唐。当时南唐外受周的威胁，内部党争又相当激烈。李璟为避北方兵力的压迫，从南京迁都到南昌，后来就死于南昌。李璟是一个有才华的词人，他的词现在流传的只有四首。下面谈一首《摊破浣溪沙》：

菡萏香销翠叶残，西风愁起碧波间。还与韶光共憔悴，不堪看。　细雨梦回鸡塞远，小楼吹彻玉笙寒。多少泪珠何限恨，倚阑干。

这首词上片写秋景，下片写思念远人。一、二两句写出荷花凋残的时候，人的愁闷因西风而起（菡萏是荷花的别名）。与这韶光一同憔悴的人，不堪看这满眼萧瑟的景象。王国

维《人间词话》极称赏“菡萏”两句，认为有“美人迟暮”的感慨。下片写思妇在梦里与边塞的丈夫相会，她醒来正是秋风秋雨的时候。想到鸡鹿塞是在很远、很远的地方（鸡塞就是鸡鹿塞。古地名，在今内蒙古杭锦后旗西）。她为了排遣孤单的愁绪，独自在小楼上吹玉笙，但是仍然忍不住要流泪。

这虽然是一首描写思妇的词，但实际上作者是通过这个题材来抒写自己的心情。“细雨”两句极为王安石所欣赏，认为是南唐最好的词句。

李璟的词是消极哀怨的，这决定于他的阶级地位和他那种特殊的境遇。但是他能如实写自己的感情，这就不同于内容浮艳空虚的花间体词。他是李煜的前驱。

南唐后主李煜，是五代词的代表作家，也是对后来的宋词有较大影响的作家。他的词，现存三十多首。南唐在五代十国里，是经济、文化基础最好的一个国家，李煜又生长在一个充满文艺气氛的家庭和宫廷里，他的文化修养高过于五代其他君主，这一切都有助于他的词作的成就。

李煜前半生的词作，像《玉楼春》中所写的：“晚妆初了明肌雪，春殿嫔娥鱼贯列。”《菩萨蛮》中所写的：“画堂南畔见，一向偎人颤。奴为出来难，教君恣意怜。”等。这些词的内容还同西蜀差不多，是描写宫廷中豪华的娱乐生活和艳情生活的。到了亡国以后，李煜过了三个年头“此中日夕只以眼泪洗面”的俘虏生活。这短短三年的生活经验远远超过他前半生的二三十年，他的一首《破阵子》：“四十年来家国”就明显地写出了这种生活的转变。正由于这种生活的转变，使他后期写出了好几首传诵后世的名作。如《虞美人》“春花秋月何时了”，《乌夜啼》“无言独上西楼”，《浪淘沙》“帘外雨潺潺”等，这些都是大家熟悉的作品。下面具体谈他的一首《浪淘沙》：

帘外雨潺潺，春意阑珊。罗衾不耐五更寒。梦里不知身是客，一晌贪欢。　独自莫凭栏，无限江山，别时容易见时难。流水落花春去也，天上人间。

这是李煜亡国后的作品。上片倒叙，说只有梦里忘记自己

是“客”，实际是俘虏；也只有在梦里还能贪恋一下片刻的欢娱。当梦醒后听到雨声，知道春光将暮，五更的寒冷，心头的凄凉，格外使人无法忍受。下片说不要去倚栏眺望，隔着无数的江山不可能再看到自己的故国。回想亡国以前的生活，和现在比起来，真有天上人间的差别！

再谈李煜的一首《清平乐》：

别来春半，触目愁肠断。砌下落梅如雪乱，拂了一身还满。　雁来音信无凭，路遥归梦难成。离恨恰如春草，更行更远还生。

这是一首写离情的词。“砌下落梅”两句是写景，实际是“触目”的一个镜头。通过这两句，一方面点明“春半”的景色，一方面写出“愁肠断”。这首词不着力写愁，只说落梅“拂了一身还满”，可见他独立在花下很久很久，透露了伤春伤别的情绪。

下片“雁来”两句，一方面说，不但家乡音信全无，而且连梦魂也难得归去。原来离别不能相见，音信是个慰藉，音信全无，那只有把希望寄托于梦中；现在连归梦都不能成，这就引出下面“离恨恰如春草，更行更远还生”二句来。春草遍地都是，用它形容愁恨之多。行人到了哪里，哪里有春草，好像离愁也跟到哪里，是说无法排遣愁恨，触目春光，都是愁绪。

李煜后半生所作的这些词，是以前文人词从来不曾有过的作品，这不仅是李煜个人作品的大转变，也是晚唐五代整个文人词的大转变。

晚唐五代词抒情的倾向越到后来越是显著，这决定于文学演进的趋势，也决定于作者的实际生活。李煜晚年的生活经历是温庭筠、韦庄等人所没有的，所以他的作品能超过他们。民间词自晚唐转入文人手中之后，一二百年以来，逐渐向丽词雕琢方向发展，几乎走向末路。把它救拔出来，以词作为抒情的工具，带它重新走上抒情的道路并提高词的地位的，在韦庄以后，李煜的功绩可算是最大。

在这里我们还要注意一点：李煜词的风格，和唐诗，尤其是和绝句有相当密切的关系。他的词风和唐人绝句风格有很近似的两点：

1. 声调谐婉不作拗体。

2. 词意明畅不作隐晦语。

他后期的词是为抒情而作，都用明畅的语言写自己的真实感受。这些谐婉明畅、近于唐人绝句的小令可以充分表达他那种生活心情，如：“问君能有几多愁？恰似一江春水向东流。”“流水落花春去也，天上人间。”“剪不断，理还乱，是离愁。别是一般滋味在心头。”都是如此。

总之，李煜词改革花间派涂饰、雕琢的流弊，用清丽的语言、白描的手法和高度的艺术概括力，抓住自己生活感受中最深刻的方面，动人地把情感表达出来，给人深刻的艺术感受。他的词摆脱了花间派的窠臼，创造了他自己的独特风格。他不仅为当时的词打开了新的境界，而且对词的发展起了很大的推动作用。

李煜是南唐的国君，他在亡国后写的一些词篇，抒发对故国的怀念和对皇帝生活的追恋。从主观方面看，他的思想感情自然和人民的思想感情有距离。但从客观艺术效果方面看，他把怀念故国之思，通过动人的抒情词句表达出来，能够强烈地感染读者，引起读者的共鸣。

冯延巳和欧阳修

晚唐五代，词在长江流域繁盛起来。冯延巳与韦庄分据吴蜀词坛，形成两大词系。

冯延巳是南唐中主（李璟）的宰相。陆游《南唐书》载："元宗（即中主李璟）尝因曲宴内殿，从容谓曰：'吹皱一池春水，何干卿事？'延巳对曰：'安得如陛下小楼吹彻玉笙寒之句？'"他们君臣在饮宴之际，各举对方词句为谈笑资料，由此可见南唐词风之盛。

陈世修序冯延巳《阳春集》："公以金陵盛时，内外无事，朋僚亲旧，或当燕集，多运藻思为乐府新词，俾歌者倚丝竹而歌之，所以娱宾而遣兴也。"以乐府新词为娱宾遣兴之用，此种风气一直影响北宋的词坛。北宋初期作家晏殊父子与欧阳修的词，与冯延巳相近似。刘攽《贡父诗话》称："元献（晏殊）尤喜冯延巳歌词，其所自作，亦不减延巳乐府。"

刘熙载《艺概》称：“冯延巳词，晏同叔（晏殊字）得其俊，欧阳永叔（欧阳修字）得其深。”可见北宋词风，实承南唐遗绪。这里举冯延巳、欧阳修两家的词来谈谈。

冯延巳有一首名作《谒金门》：

杨柳陌，宝马嘶空无迹。新着荷衣人未识，年年江海客。　梦觉巫山春色，醉眼飞花狼藉。起舞不辞无气力，爱君吹玉笛。

这是一首写爱情的词，但是言外之意，可能别有寄托，不单是写相思之情。

上片四句，描写一个“江海客”的形象，层层深入：首先点出地点是“杨柳陌”，杨柳是青春的象征；次句写那人骑的是一匹用宝物装饰起来的奔驰如飞的马，是一匹听见嘶叫声早已跑得无影无踪的骏马。这些都为了写那个英俊的人物。“荷衣”句写那少年被服香净，但大家对他都很陌生。“年年江海客”是想象、估计之辞：他大概是一位年年客游、倜傥风流的人物。这首词的上片只是短短的四句廿一个字，就勾画出一位美少年的形象，在我们面前闪跃而过，给人留下一个鲜明的印象。

下片是写一个见到这位美少年的女子对他的怀念之情。由于这个人物给那女子留下深刻的印象，使她梦寐不忘。词里写由相见到入梦，两片之间，作者用跳跃之笔，省略了许多话。下片头两句是泛写梦境：由于她沉醉于那个所见的美少年，六神无主，所以感到眼前景物好像“飞花狼藉”。“起舞不辞无气力”两句，极写她对他的爱慕，造句十分雅健。这两句可能是寄托“士为知己者死”的意思，是士大夫阶层的思想感情。词到南唐一班文人手中，就多多少少表现一些士大夫的思想感情，这就超出于花间词的艳科绮语。冯延巳这首词正是一个例子。他的《阳春集》里，这类句子还不少，如《鹊踏枝》“公子欢筵犹未足，斜阳不用相催促”，《菩萨蛮》“和泪试严妆，落梅飞晓霜”等。这些词外表虽然都还是写男女情爱，却另有寓意。冯煦谓冯延巳“俯仰身世，所怀万端，缪悠其辞，若显若晦”（《阳春集》序），就是说延巳词颇多“旨隐词微”之作。

以下谈谈欧阳修的一首《蝶恋花》：

庭院深深深几许？杨柳堆烟，帘幕无重数。玉勒雕鞍游冶处，楼高不见章台路。　雨横风斜三月暮，门掩黄昏，无计留春住。泪眼问花花不语，乱红飞过秋千去。

这首词描写一个贵族少妇深闺独守的苦闷心情。

开头三句，写这少妇的生活环境：庭院深深，深到什么程度呢？庭院里外有无重数的帘幕，帘幕外面又有杨柳，早晚时候杨柳上又堆着迷闭的烟雾。“杨柳”两句就是形容“深深深”三个字。这女子被禁锢在这样一个和外面隔绝的家庭里，虽然是一个华贵的家庭，但是一个寂寞不自由的牢笼。“玉勒”两句写她的丈夫终日在外游荡，出入于歌楼妓馆之中（“玉勒雕鞍”是玉做成的马衔和雕绘的马鞍）。她家里虽然有高楼，可是望不见丈夫游冶的地方（章台是汉代长安街名，多妓居。后代借它指妓院所在地）。

上片描写这少妇的生活处境，下片叙述她的心情：首三句写暮春景象，黄昏时候风雨交加（“横”是“强横”的“横”，读去声），由于春不能留，引起人的青春迟暮的感慨。末了两句有几层意思：含着眼泪问花知不知道人的心情，这是她无可告诉的怨恨，是第一层；花不能语，是说不但人不能了解她，也得不到花的同情，是第二层；“乱红飞”，花自己也被风雨摧残了，是第三层；花偏偏又被风吹过秋千去了，而秋千却是她和丈夫旧时嬉戏之处，更使她触景伤情，不堪回首，是第四层了。这首词虽然表面是写一个女子的苦闷，但它的寓意不限于此。从屈原《离骚》以来，就以美人香草寄托君臣，后代士大夫以男女寄托君臣的诗歌，指不胜屈。欧阳修这首词也是属于这一类。

这首词见于欧阳修的词集，又见于冯延巳的《阳春集》。冯在南唐的处境和政治心情与欧阳修相似，他们是社会上同一阶层的人物，所以作品的思想内容便难分彼此，而风格亦复近似。他们以士大夫胸襟学问入词，虽写男女爱情，而能以诗人娴雅语言出之，这就和《花间集》有了区别。

范仲淹的边塞词

晚唐五代及北宋初年的词，内容大都是写儿女之情的。虽然士大夫偶有寄托感怀之作，但总还不能脱离花间窠臼。而当时范仲淹的作品，却能突破这个局限。他虽然不是一位写词的专家，作品也只存五六首，但是它的意境广阔，具有大家气象。他开始以唐人边塞诗入词，使词从温（庭筠）、冯（延巳）的宫廷豪门，柳永的都会市场而扩大到边塞的广阔天地。文人词中反映封建时代人民被奴役的痛苦，具有很强的现实主义精神的，也始见于范仲淹的作品。他的代表作就是这首描写边塞军中生活的《渔家傲》：

塞下秋来风景异，衡阳雁去无留意。四面边声连角起。千嶂里，长烟落日孤城闭。　　浊酒一杯家万里，燕然未勒归无计。羌管悠悠霜满地。人不寐，将军白发征

夫泪。

北宋仁宗宝元、庆历年间（1038—1043），据有现在的内蒙古自治区和甘肃一部分地区的少数民族——西夏的元昊叛宋，宋朝命范仲淹和韩琦出师抵抗，战事连续了五六年。这首《渔家傲》是范仲淹在西北军中的感怀之作。

北宋词坛出现这样感情深厚、气概阔大的小令，是五代以来婉约柔靡的词风转变的开端，是苏轼、辛弃疾豪放词的先驱。在他以前写边塞词的，《敦煌曲子词》里有《望江南》、《龙沙塞》、《边塞苦》等，都是唐代的民间作品；唐代文人词里也偶有这类作品，如韦应物、戴叔伦的《调笑令》“胡马胡马”、“边草边草”等就是。范仲淹这首词出于作者真实生活的体验，尤其难能可贵，可以说它是唐宋以来边塞词中最突出的一首。

这首词上半首写边塞荒凉景况，首句用一“异”字领起全首，说边地景况不同于内地，为下半首思归情感作伏笔。次句只说“雁去无留意”，实是极言人无留意。后三句十七字，叠用许多名词“角”、“嶂”、“长烟”、“落日”、“孤城”，而只用“连”、“起”、“闭”三个动词作开合起伏，造句精劲，声调也很高亮，写出边塞黄昏一片荒凉的景象。

下半首开头：“家万里”，见归心之切。“浊酒”既不能解愁，破敌之功未成，要归又不可能，两句就有三层意思。“羌管悠悠”句，用声色作点染，使上下文写情的句子更加浓挚。“人不寐”句，先用一个“人”字包括人我两方面，就是将军（我）和征夫（人）两方面，到末句“将军白发征夫泪”七个字才分开来说明，中间着“不寐”两字，使上句的声色和下句的情感紧凑地联系起来。“羌管悠悠”，在不寐中才听得到。清霜满地，在不眠时才见得到。“将军白发”用唐裴度“霜鬓为论兵”诗意。“征夫泪”，由于横被驱役的苦痛。以上都是不寐的心事。这里的“羌管”、“霜”，是运用情景交融的手法，以景托情，写情才更深刻。

据宋魏泰《东轩笔录》载：“范希文（仲淹字）守边日，作《渔家傲》数首，皆以‘塞下秋来风景异’为起句，述镇边之苦，欧阳公呼为‘穷塞主词’。”

范仲淹所处的时代，正当北宋与西夏的民族矛盾日趋尖锐。他的《渔家傲》词，反映了将士的边塞生活与苦闷心情，这和他要求政治改革的不能实现，北宋王朝的不自振作，因而长期受到北方少数民族的欺凌有关。从词史角度看，他的《渔家傲》下开苏轼、辛弃疾豪放派的词风。当时的达官贵人如欧阳修也是词家，但他的词的题材局限在儿女相思的狭隘生活圈子里，所以他看不惯范仲淹的反映边塞生活的《渔家傲》，讥笑它是“穷塞主词”。

苏轼最早的一首豪放词《江城子·密州出猎》

豪放派词，自北宋的范仲淹开其风，苏轼继之予以发扬光大。晁补之谓苏轼词“横放杰出，自是曲子内缚不住者”。“缚不住”三字，是指苏轼词从“曲子”（词的别称）内解放出来的意思。苏轼以“灵气仙才”（楼敬思语），开径独往，他敢于借用词——这种出自教坊里巷的文学形式，来抒写自己的性情抱负、胸襟学问。在他手中，凡是可以入诗的，都可以入词。所以陈师道说他“以诗为词”。自苏词出，创立了豪放派的词风，扩大了词的题材，对词境起了开疆拓土的作用，从而提高了词这种文学形式为社会服务的功能。

现在谈谈苏轼最早的一首豪放词《江城子·密州出猎》：

老夫聊发少年狂，左牵黄，右擎苍。锦帽貂裘，千骑卷平岗。为报倾城随太守，亲射虎，看孙郎。　酒酣胸胆尚开张，鬓微霜，又何妨！持节云中，何日遣冯唐？会挽雕弓如满月，西北望，射天狼。

这是苏轼四十岁（熙宁八年）在密州作的一首记射猎的词。苏轼写射猎的诗词不只是这一首，与此同时，他写了《祭常山回小猎》及《和梅户曹会猎铁沟》两首诗。此外，他集里还有《人日猎城南，十人……》、《司竹监烧苇园……以其徒会猎园下》、《将官雷胜得“过”字，代作》等诗。

这首词风格豪放。上片“老夫聊发少年狂，左牵黄，右擎苍”三句，是说自己有少年人的豪情，左手牵着黄狗，右臂举着苍鹰去打猎（《梁书·张充传》：充少时出猎，左手臂鹰，右手牵狗）。“锦帽”两句，写出打猎的阵容（“锦帽”是锦蒙帽。“貂裘”是貂鼠裘）。“为报倾城随太守，亲射虎，看孙郎。”是以孙权自比，说全城人都跟着去看他射虎。“孙郎”指孙权。孙权曾自射虎，马被虎伤，权用双戟掷过去，虎为倒退。见《三国志》。

下片都写自己的雄心壮志。“酒酣胸胆尚开张，鬓微霜，又何妨！”三句说自己虽然已经有了白发，但是尚有豪放开朗的心胸。“持节云中，何日遣冯唐”，是用《汉书·冯唐传》的故事。汉文帝时，云中太守魏尚获罪被削职，冯唐谏文帝不应该为了小过失罢免魏尚，文帝就派他持节去赦魏尚。苏轼是以魏尚自比，希望朝廷把边事委托他。末了“会挽雕弓如满月，西北望，射天狼”，是说为了抵抗西北的敌人，他要去参加战斗，把弓拉得如圆月一样。

与此词同时，苏轼写过一首《祭常山回小猎》，诗中云：“圣朝若用西凉簿，白羽犹能效一挥。”也说自己犹能挥白羽扇退敌（“西凉簿”，用西凉州主簿谢艾事，艾本书生，善用兵，故以此自比。见查慎行注苏诗引《乌台诗案》）。还有一首《和梅户曹会猎铁沟》诗，开头两句说：“山西从古说三明，谁信儒冠也捍城。”（“三明”用《后汉书·段颎传》：颎字纪明，初与皇甫威明、张然明并知名显达。京师称为“凉州三明”。）都是表示自己虽然是一个书生，也要为国戍边抗敌。

这首词一洗绮罗香泽之态，突破了晚唐以来儿女情词的局限。词中不但描写了打猎时的壮阔场景，同时也表现了他要为国杀敌的雄心壮志。

苏轼有《与鲜于子骏简》云：“近却颇作小词，虽无柳七郎风味，亦自是一家。呵呵！数日前，猎于郊外，所获颇多。作得一阕，令东州壮士抵掌顿足而歌之，吹笛击鼓以为节，颇壮观也。”可见这首《江城子》可能是他第一次作豪放词的尝试。查朱孝臧先生的苏词编年，此词之前果然不曾见豪放之作。他的豪放词代表作如《念奴娇》、《水调歌头》诸词，皆作于这首《江城子》之后。于此，我认为这首词可以说是苏轼最早的一首豪放词。从宋词的发展看来，在范仲淹那首《渔家傲》之后，苏轼这词是豪放词派中一首很值得重视的作品。

苏轼的悼亡词

苏轼的《江城子·乙卯正月二十日夜记梦》是他梦亡妻的词。“乙卯”是宋神宗熙宁八年，苏轼这时四十岁，在山东密州做太守。他的妻子王弗，在宋英宗治平二年死于开封，至此首尾十一年（见《苏东坡集·亡妻墓志铭》）。全词是：

> 十年生死两茫茫，不思量，自难忘。千里孤坟，无处话凄凉。纵使相逢应不识，尘满面，鬓如霜。　　夜来幽梦忽还乡，小轩窗，正梳妆。相顾无言，惟有泪千行。料得年年肠断处，明月夜，短松岗。

第一句“十年生死两茫茫”是合生者、死者两边说的，自从妻子死后，十年来，活着的人和死去的人两无消息。“不思量”以下四句，是生者想念死者。这看去是很平淡的六个字，实是蕴含着深挚的感情，这确实是经久不忘的夫妇感情。如果说天天在思量，反而不真实了。王氏归葬于他们的故乡四川眉山（也见《亡妻墓志铭》），所以下面说“千里孤坟，无处话凄凉”，妻子的坟远在千里之外，连到坟上诉说自己凄凉的心境也不可能。“纵使相逢”以下三句，又合生者、死者两边说：生前相聚，既不可能；那么今后的“相逢”更是空想。“尘满面，鬓如霜”二句，想到自己仕途奔波，风尘仆仆，头发白了，人也老了，纵使夫妻有重逢之日，怕她也不认识自己了。这样左思右想，三四层意思折叠下来，逼出一个梦来。

上片写致梦的原因，下片直接写梦。“夜来幽梦忽还乡”以下四句写梦境很真实，既清楚，又带些朦胧。结尾，“料得年年肠断处”三句，是写梦醒后思索之情，是生者为死者设想之辞，为梦中原来不了解的“相顾无言，惟有泪千行”两句作解释。梦醒后想：她为什么伤心落泪呢？想必是在那故乡的短松岗上，孤坟一座，月明之夜，倍感凄凉吧？那就是她年年肠断的地方，那就是她“相顾无言，惟有泪千行”的原因吧？这里也和“千里孤坟”两句相呼应。整首结构相当严密，上片八句写梦前，下片前五句是梦中，末了三句是梦后。

这首词用白描的手法，语言自然，不加雕琢。“纵使相逢应不识”三句最沉痛，这里既有对死去的妻子的怀念，也有对自己身世遭遇的感慨。苏轼有与其弟子由诗：“犹胜相逢不相识，形容变尽语音存。”就是翻用这个意思。

《江城子》这个调，全首用平声韵；而三、四、五、七言的句子错综地间用、迭用，音韵谐协而又起伏不平；宜于写平和而又复杂的情感。苏轼选用这个调子写悼亡之作，能够表达旧体诗所难以表达的感情。但是也不能一概而论，上面一首苏轼的《密州出猎》词，也用《江城子》这个调，而所表达的情感完全不同。同一调子可以表达不同的声情，问题在于作者如何运用而已。

晚唐、北宋人的词，几乎篇篇写妇女，而且多半以谑浪游戏笔墨出之。真正把妇女作为一个平等的人来看待，尊重她，并且写出她的品格，这样的词并不多见。苏轼的《贺新郎》“乳燕飞华屋”一首，写出女子高品，“颇欲与少陵（杜甫）《佳人》一篇互证”（谭献语）。而这篇《江城子》悼亡词，写夫妇真挚爱情，也可与杜甫的“今夜鄜州月”五律诗比美。

苏轼的中秋词《水调歌头》

苏轼的《水调歌头》，是中秋词中最著名的一首，向来脍炙人口。胡仔《苕溪渔隐丛话》说："中秋词自东坡《水调歌头》一出，余词尽废。"《水浒传》"血溅鸳鸯楼"一回中，也曾写到八月十五妓女唱这首词，可见当时传唱之盛。历代选苏轼词的也总选到这一首。

这词作于丙辰（宋神宗熙宁九年，即1076年）中秋，苏轼四十一岁，时为密州（现在的山东诸城）太守。题说"兼怀子由"，当时苏轼与其弟子由已经六七年不见了。全词是：

明月几时有？把酒问青天。不知天上宫阙，今夕是何年？我欲乘风归去，又恐琼楼玉宇，高处不胜寒。起舞弄清影，何似在人间？　　转朱阁，低绮户，照无眠。不应有恨，何事长向别时圆？人有悲欢离合，月有阴晴圆缺，此事古难全。但愿人长久，千里共婵娟！

这首词所表现的思想感情，本来甚为明显，苏轼因政治处境的失意，以及和其弟苏辙的别离，中秋对月，不无抑郁惆怅之感。但是他没有陷在消极悲观的情绪中，旋即以超然达观的思想排除忧患，终于表现出对人间生活的热爱的矛盾过程。而前人却多妄解，说神宗读到“琼楼玉宇”两句，叹云“苏轼终是爱君”，即量移汝州。此说与事实不符。苏轼移汝州在黄州之后，怎能说因这词而“量移汝州”？

词的上片主要抒发自己对政治的感慨。开头“明月几时有？把酒问青天”两句，是从李白《把酒问月》诗：“青天有月来几时？我今停杯一问之”两句脱化而来。同时点明饮酒赏月。接下说“不知天上宫阙，今夕是何年？”表面上好像是赞美月夜，也有当今朝廷上情况不知怎样的含意。《诗经》中“今夕何夕，见此良人！”并非问今天是什么日子，而是赞美的语气：“今天是多么好的日子呵！”下面“我欲乘风归去”三句，表面是说“我本来是神仙境界中来的，现在想随风回到天上神仙住的‘琼楼玉宇’中去，但是又怕经受不住天上的寒冷”。这几句也是指政治遭遇而言，想回到朝廷中去，但是又怕党争激烈，难以容身。末了“起舞弄清影，何似在人间”两句是说，既然天上回不去，还不如在人间好，这里所谓“人间”，即指做地方官而言，只要奋发有为，做地方官同样可以为国家出力。这样想通了，他仰望明月，不禁婆娑起舞，表现出积极的乐观的情绪。

词的上片叙述了他的身世之感和思想矛盾，下片抒发对兄弟的怀念之情。苏轼和苏辙，手足之情甚笃。据苏辙《超然台记叙》说：“子瞻（苏轼字）通守余杭，三年不得代。以辙之在济南也，求为东州守。既得请高密，五月乃有移知密州之命。”苏轼抛掉湖山秀丽的杭州，由南而北，原为兄弟之情。但到密州之后，仍不能与弟辙时常晤对。对弟弟的思念，构成这首词下片的抒情文字。

下片开头“转朱阁，低绮户，照无眠”三句，“转朱阁”，谓月光普照华美的楼阁。“低绮户”，谓月光低低地照进雕刻纹彩的门窗里去。“照无眠”，谓月光照着有离愁别恨的人，使其不得安眠。“朱阁”、“绮户”，与上片“琼楼玉宇”对照，既写月光，也写月下的人。这样就自然过渡到个人思弟之情的另一个主题上去。“不应有恨”两句，是用反诘的语气、埋怨的口吻向月亮发问。“不应有恨”而恨在其中，正是“道是无情却有情”的意思。下面“人有悲欢离合，月有阴晴圆缺，此事古难全”三句，转为安慰的语气；既然月有圆缺，人有离合，自古皆然，那是没有什么可悲伤的了。唯愿兄弟俩彼此珍重，在远别情况中共赏中秋美好的月色。“婵娟”，月色美好貌。此句从谢庄《月赋》“隔千里兮共明月”句蜕变而来。理解到远别的人可以“千里共婵娟”，也就能做到“不应有恨”了。以美好境界结束全词，与上片结尾“起舞弄清影，何似在人间”一样，是积极乐观的。一方面是对兄弟不能团聚的安慰，同时也是对自己政治遭遇的安慰。

这首词的上、下片都带有人生哲学的意味，如上片结语“起舞弄清影，何似在人间”，这与陶潜《桃花源诗》所说“凡圣无异居，清浊共此世。心闲偶自见，念起忽已逝”诸句约略同意。就是说无论在什么地方，都有凡境、圣域、清境、浊境。当心里没有欲念的时候，就是在圣域、清境里；欲念一起，清境、圣域便都不见了。同时这也就是儒家“无入不自得”的思想。有了正确对待事物的思想，那么无论在哪里都可以有所作为，心安理得。在这首词里说，在人间也可以得到快乐，何必定要到天上去？在外面做地方官同样可以做一番事业，何必一定要回到朝廷中去呢？下片的“此事古难全”含有这样的意思：世界上不可能有永远圆满的事情，人生有欢聚，也必然有离别，这正是与月亮有圆时也总有缺时一样，原是自然界的规律。

五代北宋士大夫的词集中，也有一些包含人生哲学意味的词，到苏轼才有了进一步的发展。这首词虽然包含人生哲学，然而它是通过一个完美的文学意境来表现的。我们首先感觉到的是那中秋之夜美好的月色，体会到的是作者丰富的感情，而不是枯燥的说教。同时，词里虽有出世与入世的矛盾，情与理的矛盾，但最后还是以理遣情，不脱离现实，没有悲观失望的消极思想，情绪是健康的。同时，这首词具有强烈的艺术感染力，所以它成为千百年来人们所赞美、所称赏的名作。

周邦彦的《满庭芳》

北宋末年的周邦彦是婉约派的大家，他的词的内容，与温庭筠、柳永差不多，不过温庭筠作的是小令，周邦彦把它演展开来，多作长调；他的长调虽从柳永来，但与柳永也不同，他的词纯粹是士大夫风格，很讲究辞藻，不像柳永多半用民歌体。他的词好用前代诗家的辞藻，与贺铸诸人相近，但也不尽同。贺铸好用晚唐诗，他自己说："吾笔端驱使李商隐、温庭筠常奔命不暇。"而周邦彦则多用盛唐李杜诸家语及六朝人辞赋。他又是一位懂乐律的作家，后人因为他很讲究词的格律，说他是"词中的杜甫"。因为杜甫曾自称"晚节渐于诗律细"。这个评语确当与否，我们要拿具体作品来分析。

下面谈谈他的《满庭芳·夏日溧水无想山作》一首词：

风老莺雏，雨肥梅子，午阴嘉树清圆。地卑山近，衣润费炉烟。人静乌鸢自乐，小桥外、新绿溅溅。凭阑久，黄芦苦竹，拟泛九江船。　　年年，如社燕，飘流翰海，来寄修椽。且莫思身外，长近尊前。憔悴江南倦客，不堪听、急管繁弦。歌筵畔，先安簟枕，容我醉时眠。

这首词是周邦彦三十九岁（元祐八年春）知溧水（江苏省溧水县）时作的。开头“风老莺雏”三句点时令。在春风里听到小黄莺的歌声渐渐老了，春雨使梅子结得肥肥的，这是初夏的光景。“午阴嘉树清圆”是写中午的阳光直射在树顶上，所以树阴是圆的，这“圆”很形象，是从刘梦得《昼居池上亭独吟》“日午树阴正”那句诗来的，却比刘的原句好。下面“地卑山近”二句点环境：由于“山近”、“地卑”，衣服经常是潮湿的，要熏干它很费炉烟。“费”字暗点出在这样环境中作者的烦闷心情。清代谭献很欣赏这“衣润费炉烟”五字，拿它和周邦彦的“流潦妨车毂”诸句并称，说“可悟词家消息”。谭献的话不大容易理解。我们就本词说：这句以前，只点时令，这句以后，逐渐展开情境，这句是点逗过渡，“费”字是上片的筋节。由于“地卑山近”，衣衫潮湿，不易熏干，乃喻烦闷心情不易排遣；这和李煜《清平乐》写离愁：“砌下落梅如雪乱，拂了一身还满”，正是同一手法。

以上写视觉、触觉。接下去“乌鸢自乐”、“新绿溅溅”写所闻。写禽鸟之乐，而着一“自”字，是表示“乐者自乐”，用以反衬自己的愁闷。写“新绿溅溅”，春流活泼，也是反衬自己沉滞的心情。以上各句写情，还是烘托映带；至末了“凭阑久，黄芦苦竹，拟泛九江船”三句乃明显点出他这时之所以有烦闷心情，是因为溧水县是小地方，小邑小官使他不能忍耐。白居易《琵琶行》中有“住近湓江地低湿，黄芦苦竹绕宅生”之句。周邦彦这样写，显然以白居易的贬官九江来自比。

下片首四句以“社燕”自比。燕子春社来，秋社去，所以叫“社燕”。写社燕，映带上片的乌鸢。“飘流翰海”两句说燕子飞过大海来寄住在人家屋檐下，是比喻自己的遭遇：周邦彦廿五岁入都为太学生，廿九岁进《汴都赋》，自诸生一命为太学正。卅二岁教授庐州。来溧水之前几年大概都在荆州。所以这词中有宦情如逆旅的感慨。“且莫思身外”至末了几句，都是写自己要如何排遣愁闷。第一、二句是用杜诗：“莫思身外无穷事，且尽生前有限杯。”意思是说：还是抛开一切身外之事，痛快地饮酒吧！但是下面“憔悴江南倦客，不堪听、急管繁弦”两句又否定了这个打算，说：那酒席上的管弦之声只更加令我增添烦闷。末了“歌筵畔”三句说只有当我喝醉了酒，安稳地睡觉的时候，才能暂时忘掉忧愁。这里用三折笔，是极写无法排遣的苦闷心情。

我们通过这首词可以大致了解周邦彦的词风。他的词思想性不高。他生在北宋末年，那时朝政腐败，民不聊生，他的《清真词》中却无一语反映当时的社会现实。他做过“大晟乐府”（国立音乐机构）的提举，订律制曲，创作出许多新词，对词的发展起了推动的作用，这是成绩的一面；但是另一方面，也起了为北宋末年统治者粉饰承平的作用，所以南宋张侃著《拣词》，斥周邦彦词是“亡国哀音”。这首《满庭芳》词所反映的，也只是他个人仕途不得意的感慨，情绪是低沉的。但在艺术性方面，他确有相当高的成就。前人的评论，如陈振孙《直斋书录解题》说：“清真词多用唐人诗语，檃栝入律，浑然天成；长调尤善铺叙，富艳精工。”周济《介存斋论词杂著》说：“美成思力，独绝千古，如颜平原书，虽未臻两晋，而唐初之法，至此大备。”王国维《人间词话》说：“美成深远之致，不及欧、秦，惟言情体物，穷极工巧，故不失为第一流之作者。但惟创调之才多，创意之才少耳。”这些评论，虽然还不免有过誉之处，但是周词的艺术手法有值得我们借鉴的地方，那是无可怀疑的。

李清照的《醉花阴》和《声声慢》

李清照的重阳《醉花阴》词相传有一个故事："易安以重阳《醉花阴》词函致明诚。明诚叹赏，自愧弗逮，务欲胜之，一切谢客，忘食忘寝者三日夜，得五十阕，杂易安作以示友人陆德夫。德夫玩之再三，曰：'只三句绝佳。'明诚诘之，答曰：'莫道不消魂，帘卷西风，人比黄花瘦。'正易安作也。"（见元伊世珍《嫏嬛记》）这个故事不一定是真实的，但是它说明这首词最好的是最后三句。现在我们要分析这最后三句，先得看看它的全首：

> 薄雾浓云愁永昼，瑞脑消金兽。佳节又重阳，玉枕纱厨，半夜凉初透。　　东篱把酒黄昏后，有暗香盈袖。莫道不消魂，帘卷西风，人比黄花瘦。

词的开头，描写一系列美好的景物，美好的环境。“薄雾浓云”是比喻香炉出来的香烟。可是香雾迷闲反而使人发愁，觉得白天的时间是那样长。这里已经点出她虽然处在舒适的环境中，但是心中仍有愁闷。“佳节又重阳”三句，点出时间是凉爽的秋夜。“纱厨”是室内的精致装置，在镂空的木隔断上糊以碧纱或彩绘。下片开头两句写重阳对酒赏菊。“东篱”用陶渊明“采菊东篱下”诗意。“人比黄花瘦”的“黄花”指菊花。《礼记·月令》：“鞠（菊）有黄花。”“有暗香盈袖”也是指菊花。从开头到此，都是写好环境、好光景：有金兽焚香，有“玉枕纱厨”，并且对酒赏花，这正是他们青春夫妻在重阳佳节共度的好环境。然而现在夫妻离别，因而这佳节美景反而勾引起人的离愁别恨。全首词只是写美好环境中的愁闷心情，突出这些美好的景物的描写，目的是加强刻画她的离愁。

在末了三句里，“人比黄花瘦”一句是警句。“瘦”字并且是词眼。词眼犹人之眼目，它是全词精神集中表现的地方。清照和赵明诚结婚以后，夫妻感情甚笃。他们一起研究文艺学、金石学，生活美满。婚后不久，明诚离家远游，清照不忍相别。这首词没有明写相思，而以深婉含蓄笔墨出之。词一开头“薄雾浓云愁永昼”的“愁”字，就已点出离愁。由于爱人不在身边，她白天是焚香闷坐，黄昏后把酒对菊，独自一个，更添惆怅，更觉魂销。最后用“人比黄花瘦”结束全篇，“瘦”字和首句的“愁”字相呼应。因为有刻骨的离愁，所以衣带渐宽，腰肢瘦损。“人比黄花瘦”五字，以生动的形象来表达感情，而“为伊消得人憔悴”之含意，自在其中。

在诗词中，作为警句，一般是不轻易拿出来的。这句“人比黄花瘦”之所以能给人深刻的印象，除了它本身运用比喻，描写出鲜明的人物形象之外，句子安排得妥当，也是其原因之一。她在这个结句的前面，先用一句“莫道不消魂”带动宕语气的句子作引，再加一句写动态的“帘卷西风”，这以后，才拿出“人比黄花瘦”警句来。人物到最后才出现。这警句不是独立的，三句联成一气，前面两句环绕后面一句，起到绿叶红花的作用。经过作者的精心安排，好像电影中的一个特写镜头，形象性很强。这首词末了一个“瘦”字，归结全首词的情意，上面种种景物描写，都是为了表达这点精神，因而它确实称得上是“词眼”。以炼字来说，李清照另有《如梦令》“绿肥红瘦”之句，为人所传诵。这里她说的“人比黄花瘦”一句，也是前人未曾说过的，有它突出的创造性。

另一首《声声慢》，是李清照词中特别讲究声调的一首名作。全词是：

> 寻寻觅觅，冷冷清清，凄凄惨惨戚戚。乍暖还寒时候，最难将息。三杯两盏淡酒，怎敌他晚来风急！雁过也，正伤心，却是旧时相识。　满地黄花堆积，憔悴损，如今有谁堪摘？守着窗儿，独自怎生得黑！梧桐更兼细雨，到黄昏、点点滴滴。这次第，怎一个愁字了得！

这是李清照晚年的作品。宋室南渡之际，李清照仓皇南逃。在动乱中，她的丈夫赵明诚死了，她一个人在浙东各地，饱经颠沛流离的生活。她的暮年痛苦绝望的心情，在这首词中充分抒发出来。以下我们试就声调方面谈谈这首词的特色。

这首词用了许多双声叠韵字。一开头就用连串的叠字，是为加强刻画她的百无聊赖的心情，从前人认为这是了不起的创造。尤其是末了几句，“梧桐更兼细雨，到黄昏、点点滴滴。这次第，怎一个愁字了得”！二十多个字里，舌音、齿音交相重叠，是有意以这种声调来表达她心中的忧郁和怅惘。这些句子不但读起来明白如话，听起来也有明显的音乐美，充分体现出词这种配乐文学的特色。因为词原来是唱的，要使人容易听得懂。刘体仁说这首词是“本色当行”，就是指它明白易懂而言。这首词借双声叠韵字来增强表达感情的效果，是从前词家不大用过的艺术手法。

李清照是一个有高度文化修养的女作家，有真挚丰富的生活感情，又有她自己独特的见解，因此她确实当得起婉约词派杰出作家的称号。她这首《声声慢》词以细腻而又奇横的笔墨，用双声叠韵啮齿叮咛的音调，来写她心中真挚深刻的感情，这是从欧（阳修）、秦（观）诸大家以来所不曾见过的一首突出的代表作。

李清照的豪放词《渔家傲》

《花间集》里两位大作家温庭筠和韦庄，他们的风格是不同的：温密丽而韦疏宕。这两种风格就是后来婉约派与豪放派的苗头。如周邦彦等是婉约派，辛弃疾等是豪放派。但是这两派作家作品风格往往是不能截然分开的。豪放派作家像辛弃疾有许多婉约的作品，婉约派作家也有豪放的作品。现在举李清照来谈谈。

李清照是一位可以代表婉约派的女作家，她的《声声慢》、《醉花阴》等是大家熟悉的名作。这些词多半写闺情幽怨，它的风格是含蓄、委婉的。但是在她的词作中也有一首风格特殊的《渔家傲》。这是一首豪放的词，她用《离骚》、《远游》的感情来写小令，不但是五代词中所没有的，就是北宋词中也很少见。一位婉约派的女词人，而能写出这样有气魄的作品，确实值得我们注意。

天接云涛连晓雾，星河欲转千帆舞。仿佛梦魂归帝所，闻天语，殷勤问我归何处。　我报路长嗟日暮，学诗谩有惊人句。九万里风鹏正举，风休住，蓬舟吹取三山去！

整首词都是描写梦境。开头两句写拂晓时候海上的景象。在李清照以前还没有人在词里描写过大海。“天接云涛”两句用“接”、“转”、“舞”三个动词，来写海天动荡的境界。“星河欲转”，点出时间已近拂晓。“千帆舞”写大风，这不是江河中的景象。可能是因为李清照是山东人，对海的见闻比较多，所以写得出这样的境界。上片第三句“仿佛梦魂归帝所”，意思是说：我原来就是天帝那儿来的人，现在又回到了天帝处所。这和苏轼《水调歌头》中秋词：“我欲乘风归去”之“归”字意义相同。“归何处”句，着“殷勤”二字，写出天帝的好意，引起下片换头“我报路长嗟日暮”二句的感慨。《离骚》：“欲少留此灵琐兮，日忽忽其将暮。……路曼曼其修远兮，吾将上下而求索。”这就是李清照“路长日暮”句的出处。这句子的意思是说人世间不自由，尤其是封建时代的妇女，纵使学诗有惊人之句（“谩有”是“空有”的意思），也依然是“路长日暮”，找不到她理想的境界。末了几句说，看大鹏已经高翔于九万里风之上；大风呵，不住地吹吧，把我的帆船吹送到蓬莱三岛去吧（“九万里风”句用《庄子·逍遥游》，说大鹏“抟扶摇而上者九万里”，扶摇，旋风；九是虚数）！

李清照是婉约派的女作家，何以能写出这样豪放的作品来呢？我们知道，在封建社会中，女子生活于种种束缚之下，即使像李清照那样有高度修养和才华的女作家也不能摆脱这种命运，这无疑会使她感到烦闷和窒息。她作了两首《临江仙》词，都用欧阳修的成语“庭院深深深几许”作为起句，这很可能是借它表达她的烦闷的心情。她要求解脱，要求有广阔的精神境界。这首词中就充分表示她对自由的渴望，对光明的追求。但这种愿望在她生活的时代的现实生活中是不可能实现的，因此她只有把它寄托于梦中虚无缥缈的神仙境界，在这境界中寻求出路。然而在那个时代，一个女子而能不安于社会给她安排的命运，大胆地提出冲破束缚、向往自由的要求，确实是很难得的。在历史上，在封建社会的妇女群中是很少见的。

这首风格豪放的词，意境阔大，想象丰富，确实是一首浪漫主义的好作品。出之于一位婉约派作家之手，那就是更其突出了。其所以有此成就，无疑是决定于作者的实际生活遭遇和她那种渴求冲决这种生活的思想感情；这绝不是没有真实生活感情而故作豪语的人所能写得出的。

陆游的《卜算子·咏梅》

驿外断桥边，寂寞开无主。已是黄昏独自愁，更著风和雨。　　无意苦争春，一任群芳妒。零落成泥碾作尘，只有香如故。

这是陆游一首咏梅的词，其实也是陆游自己的咏怀之作。上片写梅花的遭遇：它植根的地方，是荒凉的驿亭外面，断桥旁边。驿亭是古代传递公文的人和行旅中途歇息的处所。加上黄昏时候的风风雨雨，这环境被渲染得多么冷落凄凉，写梅花的遭遇，也是作者自写被排挤的政治遭遇。

下片写梅花的品格：一任百花嫉妒，我却无意与它们争春斗艳。即使凋零飘落，成泥成尘，我依旧保持着清香。末两句即是《离骚》“不吾知其亦已兮，苟余情其信芳”，“虽体解吾犹未变兮，岂余心之可惩”的精神。比王安石咏杏“纵被东风吹作雪，绝胜南陌碾成尘”之句用意更深沉。

陆游一生的政治生涯：早年参加考试被荐送第一，为秦桧所嫉；孝宗时又为龙大渊、曾觌一群小人所排挤；在四川王炎幕府时要经略中原，又见扼于统治集团，不得遂其志；晚年赞成韩侂胄北伐，韩侂胄失败后又被诬陷。我们读他这首词，联系他的政治遭遇，可以看出它是他的身世的缩影。词中所写的梅花是他高洁的品格的化身。

唐宋文人尊重梅花的品格，与六朝文人不同。但是像林和靖所写的“暗香、疏影”等名句，都只是高人、隐士的情怀；虽然也有一些作家借梅花自写品格的，但也只能说：“原没春风情性，如何共，海棠说。”（南宋萧泰来《霜天晓角·咏梅》）这只是陆游词“无意苦争春，一任群芳妒”的一面。陆游的友人陈亮有四句梅花诗说：“一朵忽先变，百花皆后香。欲传春信息，不怕雪埋藏。”写出他自己对政治有先见，不怕打击，坚持正义的精神，是陈亮自己整个人格的体现。陆游这首词则是写失意的英雄志士的兀傲形象。我认为在宋代，这是写梅花诗词中最突出的两首好作品。

陆游的《鹊桥仙》

一竿风月，一蓑烟雨，家在钓台西住。卖鱼生怕近城门，况肯到红尘深处？　　潮生理棹，潮平系缆，潮落浩歌归去。时人错把比严光，我自是无名渔父。

陆游这首词虽然是写渔父，其实是作者自己咏怀之作。他写渔父的生活与心情，正是写自己的生活与心情。

首两句，一竿风月，满蓑烟雨，是渔父的生活环境。“家在钓台西住”，是说渔父的心情近似严光。严光不应汉光武的征召，独自披羊裘钓于浙江的富春江上。上片结句说，渔父虽以卖鱼为生，但是他远远地避开争利的市场，生怕走近城门。

下片三句写渔父潮生时出去打鱼，潮平时系缆，潮落时归家。生活规律和自然规律相适应，无分外之求。不像世俗中人那样沽名钓誉，利令智昏。最后两句承上片“钓台”两

句来，说严光还不免有求名之心，这从他披羊裘垂钓上表现出来。宋人有一首咏严光的诗说：“一着羊裘便有心，虚名留得到如今。当时若着蓑衣去，烟水茫茫何处寻。”也是说严光虽辞光武征召，但还有名心。陆游因此觉得：“无名”的“渔父”比严光还要清高。

这词上下片的章法相同，每片头三句都是写生活，后两句都是写心情，但深浅不同。上片结尾说自己心情近似严光，下片结尾却把严光也否定了。

文人词中写渔父最早、最著名的是张志和的《渔歌子》，后人仿作的很多，李煜诸家都有这类作品。但是文人的渔父词，有些用自己的思想感情代替劳动人民的思想感情，很不真实。陆游这首词论思想内容可以说是在张志和诸首之上。很明显，这词是讽刺当时那些被名牵利绊的俗人的。我们不可错会他的作意，简单地批判它是消极的、逃避现实的作品。

陆游另有一首《鹊桥仙》词：

华灯纵博，雕鞍驰射，谁记当年豪举？酒徒一半取封侯，独去作江边渔父。　　轻舟八尺，低篷三扇，占断蘋洲烟雨。镜湖元自属闲人，又何必官家赐与！

也是写渔父的。它上片所写的大概是他四十八岁那一年在汉中的军旅生活。而这首词可能是作者在王炎幕府经略中原事业失望以后，回到山阴故乡时所作。两首词同调、同韵，若是同时之作，那是写他自己晚年英雄失路的感慨，绝不是张志和《渔歌子》那种恬淡、闲适的隐士心情。读这首词时，应该注意他这个创作背景和创作心情。

陆游的《夜游宫·记梦寄师伯浑》

陆游是南宋的一位大诗人，他的词数量上虽然比诗少得多，但是有不少感慨国事的作品，风格与辛弃疾相近。他是苏辛词派中一位重要的作家。

陆游集里有许多记梦的诗，这些诗未必真是记梦，大都是咏怀之作。诗里写他有时梦到国防边境："夜阑卧听风吹雨，铁马冰河入梦来"（《十一月四日风雨大作》）。有时梦见战场上敌人投降的情形："三更穷虏送降款，天明积甲如丘陵"（《胡无人》），等等。这些诗都充分表现他的爱国主义精神。因为壮志不酬，只得托之梦寐，所以这些作品又具有浓厚的浪漫色彩。在他的词里，也有这类作品，这首《夜游宫》就是其中之一：

雪晓清笳乱起，梦游处不知何地。铁骑无声望似水。

想关河，雁门西，青海际。　　睡觉寒灯里，漏声断，月斜窗纸。自许封侯在万里，有谁知，鬓虽残，心未死！

这首词是他寄给朋友师伯浑的，师伯浑也是一位有雄心壮志的作家，陆游曾写了许多诗寄给他。

这首词开头三句，“雪晓清笳乱起”是所闻，“铁骑无声望似水”是所见。中间插入“梦游处不知何地”一句，点出是梦中。把第一与第三原来应该连在一起的两句拆开安排，这样做并不是因为押韵的缘故，而是使词的声情起顿挫作用。“铁骑无声望似水”七个字，写出了军容的整齐严肃，看去好像一条无声的河流，形象性很强。下面“想关河，雁门西，青海际”，是回答上面的“梦游处不知何地”句，是猜想之辞，也是写梦境。这几句通过景语，点出他自己念念不忘沙场杀敌的雄心壮志。

下片是写梦醒后失望的感情。所写的景象与上片恰成为相反的映衬。“寒灯”、“漏声”和“月斜窗纸”，都是衬托失望和怅惘。“自许封侯在万里”一句，语气振起，而接下来是“鬓虽残，心未死”两句，中间插入“有谁知”三个字，也是顿挫作势，使末二语——人虽然老了，而杀敌雄心依然未死——更显郁郁不平。若去掉这三个字，语意虽也连属，而究竟要相形减色。

北宋的周邦彦也有一首《夜游宫》词，它的下片是：“古屋寒窗底，听几片井桐飞坠。不恋单衾再三起。有谁知，为萧娘，书一纸。”末三句也用“有谁知”三个字。陆游这首词可能是受周邦彦的影响，因为周词是当时一首传诵的名作。但周词只是写儿女恋情，而陆游拿它表达爱国思想，字面形式虽同，而内容的思想性大大提高了。并且由于内容不同，在陆游词中的“有谁知”三个字，分量也就不同了。这可以说明文字的形式和内容的关系，也可以说明大作家是怎样善于学习前人的遗作，并从而发展它，提高它。

辛弃疾的《水龙吟·登建康赏心亭》

《水龙吟·登建康赏心亭》是我国文学史上的著名词篇。作者辛弃疾是我国南宋杰出的爱国词人。辛弃疾，字幼安，号稼轩，绍兴十年（1140）出生于山东济南历城县。他的幼年和青年时代，都是在女真族奴隶主贵族金政权的统治下度过的。残酷的民族压迫，劳动人民的英勇抗战，历代爱国志士的斗争业绩，给了他深刻的教育和影响。1161年，女真族奴隶主贵族大举南犯，二十一岁的辛弃疾率领群众两千人在家乡起义，并参加了以耿京为首的农民抗金起义军，担任了“掌书记”的职务。在起义军队伍几个月里，他表现出非凡的勇敢和坚定，干了两件非常出色的事。一件是，一个叫义端的和尚叛变投敌，辛弃疾亲往追捕，当场斩了这个叛徒；另一件是，亲自率领五十骑兵，直闯驻有五万大军的金营，活捉了杀害耿京、瓦解起义军的叛徒、内奸张安国，渡过淮水，到达建康，把他交给南宋朝廷处决。辛弃疾在抗金斗争中所表现的这些英雄行为，受到当时人民的景仰和称赞。

辛弃疾到了南方，这时耿京的起义军已经失败，他便留在南宋。从此以后，他继续坚持爱国主义立场，用他的饱含激情的词和文章，宣传北伐抗金、收复中原、统一全国的主张。但是以宋高宗赵构为首的南宋政府，从汴京（今河南开封）逃到临安（今浙江杭州）以后，偏安江南。他们对金统治者屈辱求和，置沦陷区广大人民于不顾，自己则在杭州的西湖游宴玩乐。他们对起义军一直是害怕的。辛弃疾渡江南来之后，首先被解除了武装，后来才被派往江阴军做签判，签判是“签书判官厅公事”的简称，是帮助地方官处理政务的小官。

尽管南宋政府对辛弃疾大材小用，不予重视，他还是不顾自己职位的低微，针对南宋政府中主和派所谓“南北有定势，吴楚之脆弱不足以争衡于中原”的谬论，独抒己见，写成《美芹十论》，上奏皇帝 。在这篇奏章中，辛弃疾分析了宋金形势、和战前途、民心向背，指出金统治者外强中干的情况，不是无隙可乘。他不仅痛斥了主和派的投降主义谬论，而且还详细论述了南宋应采取的自强之策和收复中原的具体部署。《美芹十论》集中表达了辛弃疾的一片忠贞爱国之心，充分显示了他的深邃智谋和复国韬略。他怀着满腔热切的希望，于乾道元年（1165）上奏朝廷，结果奉行投降主义路线的南宋政府以“讲和方定”（见《宋史》本传）为理由而不予理睬。辛弃疾回顾自己渡江南来以后，曾经尽了最大的努力，把自己心中想说的忠贞爱国的肺腑之言都陈奏给皇帝了。可是南宋统治集团好比是一个患恐敌病的重病人，任凭你怎样想法去鼓舞他们，把他们拔出于消沉畏缩的气氛之中，都是徒劳无功。正如陆游在一首诗中所说：“诸君尚守和戎策，志士虚捐少壮年。”报国无门，壮志难申，辛弃疾这时心中的悲愤是可想而知的。这一切，就是他登建康赏心亭时写下这首传诵千古的《水龙吟》词的背景。

楚天千里清秋，水随天去秋无际。遥岑远目，献愁供恨，玉簪螺髻。落日楼头，断鸿声里，江南游子。把吴钩看了，阑干拍遍，无人会，登临意。　休说鲈鱼堪脍，尽西风，季鹰归未？求田问舍，怕应羞见，刘郎才气。可惜流年，忧愁风雨，树犹如此！倩何人唤取，红巾翠袖，揾英雄泪！

先从题目说起。建康，又名金陵，即今江苏省南京市。建康在历史上是有名的城市，它是东吴、东晋、宋、齐、梁、陈六个朝代的都城。赏心亭是南宋建康城上的亭子。据《景定建康志》记载："赏心亭在（城西）下水门城上，下临秦淮，尽观赏之胜。"

这首《水龙吟》词，上片大段是写景：由水写到山，由无情之景写到有情之景，很有层次。开头两句，"楚天千里清秋，水随天去秋无际"，是作者在赏心亭上所见的江景。写得气象阔大，笔力遒劲。意思说，楚天千里，辽远空阔，秋色无边无际。大江流向天边，也不知何处是它的尽头。"楚天"的"楚"，泛指长江中下游一带，这里战国时曾属楚国。"水随天去"的"水"，指浩浩荡荡奔流不息的长江，也就是苏轼《念奴娇》词中"大江东去"的大江。"千里清秋"和"秋无际"，写出江南秋季的特点。南方常年多雨多雾，只有秋季，天高气爽，才可能极目远望，看见大江向无穷无尽的天边流去。

下面"遥岑远目，献愁供恨，玉簪螺髻"三句，是写山。意思说，放眼望去，那一层层、一叠叠的远山，有的很像美人头上插戴的玉簪，有的很像美人头上螺旋形的发髻，可是这些都只能引起我对丧失国土的忧愁和愤恨。"玉簪螺髻"一句中的"玉簪"，是古代妇女的一种首饰；"螺髻"，指古代妇女一种螺旋形发髻。韩愈有"水作青罗带，山如碧玉篸"的诗句（篸即簪）。“遥岑”，即远山，指长江以北沦陷区的山，所以说它“献愁供恨”。这里，作者一方面极写远山的美丽——远山愈美，它引起作者的愁和恨，也就愈加深重；另一方面又采取了移情及物的手法，写远山“献愁供恨”。实际上是作者自己看见沦陷区的山，想到沦陷的父老姊妹而痛苦发愁。但是作者不肯直写，偏要说山向人献愁供恨。山本来是无情之物，连山也懂得献愁供恨，人的愁恨就可想而知了。这样写，意思就深入一层。

“楚天千里清秋，水随天去秋无际”两句，是纯粹写景，至“献愁供恨”三句，已进了一步，点出“愁、恨”两字，由纯粹写景而开始抒情，由客观而及主观，感情也由平淡而渐趋强烈。作者接着写道：“落日楼头，断鸿声里，江南游子。把吴钩看了，阑干拍遍，无人会，登临意。”意思说，夕阳快要西沉，孤雁的声声哀鸣不时传到赏心亭上，更加引起了作者对沦陷的故乡的思念。他看着腰间佩带的不能用来杀敌卫国的宝刀，悲愤地拍打着亭子上的栏杆。可是又有谁能领会他这时的心情呢?

这里“落日楼头，断鸿声里，江南游子”三句，虽然仍是写景，但同时也是喻情。落日，本是自然景物，辛弃疾用“落日”二字，含有比喻南宋朝廷日薄西山、国势危殆的意思。原来宋孝宗继位后，一度起用主战派的张浚主持军政。张浚在隆兴元年（1163）对金发动军事攻势，不幸在符离（今属安徽宿县）被金军打败。于是主和派的势力和舆论又在南宋政府中占上风。辛弃疾这时登上建康赏心亭，面对着衔山的落日，想起南宋君臣在符离战败后又陷入一片消沉气氛之中，这同诸葛亮《前出师表》中所描写的“此诚危急存亡之秋也”的情景是一样的。“断鸿”，是失群的孤雁。辛弃疾用这一自然景物来比喻自己飘零的身世和孤寂的心境。“游子”，是辛弃疾直指自己。一般地说，凡是远游的人都可称为游子，辛弃疾是从山东来到江南的，当然是游子了。但是辛弃疾渡江淮归南宋，原是以南宋为自己的故国，以江南为自己的家乡的。可是南宋统治集团不把辛弃疾看作自己人，对他一直采取猜忌排挤的态度，致使辛弃疾觉得他在江南真的成了游子了。

如果说上面“落日楼头，断鸿声里，江南游子”三句是写景寓情的话，那么“把吴钩看了，阑干拍遍，无人会，登临意”三句，就是直抒胸臆了。但这里，作者又不是直接用语言来渲染，而是选用具有典型意义的动作，淋漓尽致地抒发自己报国无路、壮志难酬的悲愤之情。作者写的第一个动作是“把吴钩看了”（“吴钩”是吴王阖闾所造的钩形刀）。杜甫《后出塞》诗中就有“少年别有赠，含笑看吴钩”的句子。“吴钩”，本是战场上杀敌的锐利武器，但现在却闲置身旁，无处用武，这就把作者空有沙场杀敌的雄心壮志，却是英雄无用武之地的苦闷也烘托出来了。以物比人，这怎能不引起辛弃疾的无限感慨呀！“把吴钩看了”，这一个动作却把作者此时此地的思想感情全部表现出来了。然而作者还嫌不足，接着又写了第二个动作“阑干拍遍”。据《渑水燕谈录》记载，一个“与世龃龉”的刘孟节，他常常“凭阑静立，怀想世事，吁嘘独语，或以手拍阑干，尝有诗曰：‘读书误我四十年，几回醉把阑干拍’”。栏杆拍遍是表示胸中那说不出来的抑郁苦闷之气，借拍打栏杆来发泄的意思，用在这里，就把作者徒有杀敌报国的雄心壮志而又无处施展的急切悲愤的情态宛然显现在读者面前。另外，“把吴钩看了，阑干拍遍”，除了典型的动作描写外，还由于采用了运密入疏的手法，把强烈的思想感情寓于平淡的笔墨之中，因而这两句看似寻常无奇，但内涵却非常丰厚，十分耐人寻味。

辛弃疾一腔热忱，满腹悲愤，但是不被南宋当权者所理解，所以他接着写道“无人会，登临意”，慨叹自己空有恢复中原的抱负，而南宋统治集团中没有人是他的知音。

到这里，词的上片已经完了。如果说上片主要是写景抒情的话，那么下片就是直接言志了，也就是具体申说无人理会的登临之意了。

下片十二句，分四层意思：

“休说鲈鱼堪脍，尽西风，季鹰归未？”尽是尽管、纵然。意思是说：尽管西风起来了，季鹰归来没有呢？这里引用一个典故：晋朝人张季鹰，在洛阳做官，见秋风起，想到家乡的味美的鲈鱼，便弃官回乡（见《晋书·张翰传》）。这意思是说，现在“尽西风”的深秋时令又到了，连大雁都知道寻踪飞回旧地，何况我这个漂泊江南的游子呢？然而自己的家乡如今还在敌人的铁蹄蹂躏之下，想回去也回去不了呀！“尽西风，季鹰归未？”既写了有家难归的乡思，又抒发了对异族入侵的仇恨和对不思复国的南宋朝廷的激愤，确实收到了一石三鸟的效果。乡思，与前面的“游子”呼应，是“落日”、“断鸿”背景里“游子”的真情流露；对敌人的仇恨和对朝廷的激愤，又呼应“遥岑远目，献愁供恨”，并为它做了最好的注脚。

“求田问舍，怕应羞见，刘郎才气”，是第二层意思。求田问舍就是买地置屋。刘郎，指三国时刘备，这里泛指有大志之人。这也是用了一个典故：三国时许汜去看望陈登，陈登对他很冷淡，独自睡在大床上，叫他睡下床。后来许汜把这事告诉刘备，刘备说：“天下大乱，你忘怀国事，求田问舍，陈登当然瞧不起你。如果碰上我，我将睡在百尺高楼，叫你睡地下，岂止相差上下床呢？”（《三国志·陈登传》）紧接前面，这里大意是说，既不学为吃鲈鱼脍而还乡的张季鹰，也不学求田问舍的许汜。许汜因求田问舍，而被刘备和陈登看不起，也被辛弃疾看不起。“怕应羞见”的“怕应”二字，是辛弃疾为许汜设想，表示怀疑，意思是说：像你（指许汜）那样的琐屑小人，自己有何面目去见像刘备那样的英雄人物？

“可惜流年，忧愁风雨，树犹如此”，是第三层意思。流年，即年光如流；风雨，指国家在风雨飘摇之中；“树犹如此”也有一个典故：据《世说新语》记载：桓温北征，经过金城，见自己过去种的柳树已长到几围粗，便感叹地说：“木犹如此，人何以堪！”意思说，树已长得这么高大了，人怎么能不老大呢！辛弃疾这三句包含的意思是：我所忧惧的，只是国事飘摇，时光流逝，北伐无期，恢复中原的宿愿不能实现，辜负了平生的雄心壮志，如此而已。这里，控诉南宋统治集团不能任用人才，使爱国志士无所作为，虚掷年华，已经淋漓尽致，它使我们仿佛又一次看到了作者“阑干拍遍”、悲愤欲绝的情状。“可惜流年，忧愁风雨，树犹如此”三句，是全首《水龙吟》词的核心。上面“鲈鱼堪脍”和“求田问舍”两例，都不是主，而是宾。至“可惜流年”三句，才是全词的最主要的部分。可以说，前面引过的陆游的“志士虚捐少壮年”的诗句，正是体现了辛弃疾这首《水龙吟》词的主题思想。到这里，作者的感情经过层层推进，已经发展到最高点，等于是一出戏中的高潮。

下面就自然地过渡到词的结尾了，也就是作者抒发的“登临意”的第四层意思：“倩何人唤取，红巾翠袖，揾英雄泪！”倩，在这里是“请、央求”的意思。“红巾翠袖”，是少女的装束，这里就是少女的代名词。在宋代，一般游宴娱乐的场合，都有歌伎在旁唱歌侑酒，所以，“红巾翠袖，揾英雄泪”，可以理解为这是当时一般生活现象和辛弃疾个人生活现象在这首词中留下的痕迹。这三句是写辛弃疾自伤抱负不能实现，时无知己，得不到同情与慰藉的悲叹。亦与上片“无人会，登临意”相呼应。

昆曲《夜奔》中有这样的唱句：“丈夫有泪不轻弹，只因未到伤心处。”英雄而至于流泪，这说明辛弃疾当时心中是多么苦闷和伤心！

辛弃疾是南宋词坛上豪放派的代表作家。他的词纵横挥洒，慷慨激昂，有的抒写恢复中原的雄心，有的倾诉壮志未酬的悲愤，有的歌颂祖国河山的壮丽，爱国思想是他一生创作的基调。他与北宋的苏轼并称“苏辛词派”，但他的思想感情远较苏轼丰富。他融会经、史、子、集创作出多种多样风格的词篇，其成就是极其突出的。这首《水龙吟》词，风格属于豪放一类。它不仅对辛弃疾生活着的那个时代的矛盾有所反映，有比较深厚的现实内容，而且，运用圆熟精到的艺术手法把内容完美地表达出来，直到今天，仍然具有极其强烈的感染力量，使我们百读不厌。

（与无闻合写）

肝肠似火　色貌如花

摸鱼儿

淳熙己亥自湖北漕移湖南，
同官王正之置酒小山亭，为赋。

更能消几番风雨？匆匆春又归去。惜春长怕花开早，何况落红无数。春且住，见说道、天涯芳草迷归路。怨春不语，算只有殷勤、画檐蛛网，尽日惹飞絮。　长门事，准拟佳期又误。蛾眉曾有人妒。千金纵买相如赋，脉脉此情谁诉？君莫舞，君不见、玉环飞燕皆尘土。闲愁最苦。休去倚危栏，斜阳正在、烟柳断肠处。

这是辛弃疾四十岁时，也就是宋孝宗淳熙六年（1179）暮春写的词。辛弃疾自1162年渡淮水来归南宋，十七年中，他的抗击金军、恢复中原的爱国主张，始终没有被南宋朝廷所采纳。南宋朝廷不把他放在抗战前线的重要位置上，只是任命他做闲职官员和地方官吏，使他在湖北、湖南、江西等地的任所转来转去，大材小用。这一次，又把他从湖北漕运副使任上调到湖南继续当漕运副使。漕运副使是掌管粮运的官职，对辛弃疾来说，做这种官当然不能施展他的大志和抱负。何况如今又把他从湖北调往距离前线更远的湖南后方去，更加使他失望。这次调动任职，使辛弃疾意识到：这是南宋朝廷不让抗战派抬头的一种表示。不让抗战派抬头，关系到辛弃疾个人，事情尚小，关系到国家民族，那问题就大了。当时女真统治者的军队屡次南下犯境，南宋朝廷中的主和派采取妥协投降的错误政策。他们不仅忘了“徽钦之辱”，并且忍心把中原沦陷区广大人民长期置于女真贵族统治之下，过着水深火热的生活。收复山河的大计，已为纳金币、送礼物的投降政策所代替。辛弃

疾目睹这种状况，满怀悲愤。他空有收复河山的壮志，而多年来一直无法实现。所以这次调离湖北，同僚置酒为他饯行的时候，他写了这首《摸鱼儿》词，抒发他胸中的郁闷和感慨。这首词内容包括：第一，对国家前途的忧虑；第二，自己在政治上的失意和哀怨；第三，对南宋当权者的不满。

以下对这首词作简单的解释：

上片起句“更能消几番风雨？匆匆春又归去”，其意是：如今已是暮春天气，哪里禁得起再有几番风雨的袭击？这显然不是单纯地谈春光流逝的问题，而是另有所指的。

“惜春长怕花开早”二句，作者揭示自己惜春的心理活动：由于怕春去花落，他甚至于害怕春天的花开得太早；因为开得早也就谢得早，这是对惜春心理的深入一层的描写。

“春且住”三句，由于怕春去，他对它招手，对它呼喊：春啊，你停下脚步，别走啊！但是春还是悄悄地溜走了。想召唤它归来，又听说春草铺到了遥远的天边，遮断了春的归路，春是回不来了。因此产生“怨春不语”的感情。就是说，心里怨恨没有把春留住，有话难以说出口来。

“算只有”三句，意思是：看来最殷勤的，只有那檐下的蜘蛛，它为了留春，一天到晚不停地抽丝结网，用网儿来网住那飞去的柳絮。

下片一开始就用汉武帝陈皇后失宠的典故，来比拟自己的失意。自“长门事”至“脉脉此情谁诉”一段文字，说明“蛾眉见妒”，自古就有先例。陈皇后之被打入冷宫——长门宫，是因为有人在忌妒她。她后来拿出黄金，买得司马相如的一篇《长门赋》，希望用它来打动汉武帝的心。但是她所期待的“佳期”，仍属渺茫。这种复杂痛苦的心情，对什么人去诉说呢？

“君莫舞”二句的“舞”字，包含着高兴的意思。“君”，是指那些忌妒别人来邀宠的人。意思是说：你不要太得意忘形了，你没见杨玉环和赵飞燕后来不是都死于非命吗？安禄山攻破长安后，在兵乱中，唐玄宗被迫把杨玉环缢死于马嵬坡。赵飞燕是汉成帝的皇后，后来被废黜为庶人，终于自杀。“皆尘土”，用《赵飞燕外传》附《伶玄自叙》中的语意。伶玄妾樊通德能讲赵飞燕姊妹故事，伶玄对她说：“斯人（指赵氏姊妹）俱灰灭矣，当时疲精力驰骛嗜欲蛊惑之事，宁知终归荒田野草乎！”

“闲愁最苦”三句是结句。闲愁，作者指自己精神上的郁闷。危栏，是高处的栏杆。意思是：不要用凭高望远的方法来排除郁闷，因为那快要落山的斜阳，正照着那被暮霭笼罩着的杨柳，远远望去，是一片迷闸。这里的暮景，反而会使人见景伤情，以至于销魂断肠的。

这首词上片主要写春意阑珊，下片主要写美人迟暮。有些选本以为这首词是作者借春意阑珊来衬托自己的哀怨。这恐怕理解得还不完全对。这首词中当然写到作者个人遭遇的感慨，但更重要的，是他以含蓄的笔墨，写出他对南宋朝廷暗淡前途的担忧。作者把个人感慨纳入国事之中。春意阑珊，实兼指国家大事，并非像一般词人作品中常常流露出来的绮怨和闲愁。

上片第二句“匆匆春又归去”的“春”字，可以说是这首词中的“词眼”。接下去作者以春去作为这首词的主题和总线，有条不紊地安排上、下片的内容，把他那满怀感慨曲折地表达出来。他写“风雨”，写“落红”，写“草迷归路”……我们不妨运用联想，这“风雨”，难道不是象征金军的进犯么？这“落红”，难道不是象征南宋朝廷外交、军事各方面的失败，以致失地辱国、造成欲偏安江左而不可得的局面么？“草迷归路”，难道不是象征奸佞当权，蔽塞贤路，致使一些有雄才大略的爱国志士，不能发挥其所长，起抗战救国的作用么？然后作者以蜘蛛自比。蜘蛛是微小的动物，它为了要挽留春光，施展出它的全部力量。在“画檐蛛网”句上，加“算只有殷勤”一句，意义更加突出。这正如晋朝的著名画家顾恺之为裴楷画像，像画好后，画家又在颊上添几根胡子，观者顿觉画像神情生动起来。（《晋书·顾恺之传》：“恺之尝图裴楷像，颊上加三毛，观者觉神明殊胜。”）“算只有殷勤”一句，也能起“颊上加三毛”的作用。尤其是“殷勤”二字，突出地表达作者对国家的耿耿忠心。这两句还说明，辛弃疾虽有殷勤的报国之心，无奈官小权小，不能起重大的作用。

上片以写景为主，以写眼前的景物为主。下片的“长门事”、“玉环”、“飞燕”，则都是写古代的历史事实。两者看起来好像不相联续，其实不然。作者用古代宫中几个女子的事迹，进一步抒发其“蛾眉见妒”的感慨，这和当时现实不是没有联系的。而从“蛾眉见妒”这件事上，又说明这不只是辛弃疾个人仕途得失的问题，更重要的是关系到宋廷兴衰的前途，它和这首词的春去的主题不是脱节，而是相辅相成的。作者在过片处推开来写，在艺术技巧上说，正起峰断云连的作用。

下片的结句更加值得我们注意：它甩开咏史，又回到写景上来。“休去倚危栏，斜阳正在、烟柳断肠处”二句，最耐人寻味。

以景语作结，是词家惯用的技巧。因为以景语作结，会有含蓄不尽的韵味。

除此之外，这两句结语还有以下各种作用：

第一，它刻画出暮春景色的特点。暮春三月，宋代女词人李清照曾用“绿肥红瘦”四字刻画它的特色，成为千古传诵的名句。“红瘦”，是说花谢；“绿肥”，是说树荫浓密。辛弃疾在这首词里，他不说斜阳正照在花枝上，却说正照在烟柳上，这是用另一种笔法来写“绿肥红瘦”的暮春景色。而且“烟柳断肠”，还和上片的“落红无数”、春意阑珊这个内容相呼应。如果说，上片的“更能消几番风雨？匆匆春又归去”是开，是纵；那么下片结句的“斜阳正在、烟柳断肠处”是合，是收，一开一合、一纵一收之间，显得结构严密，章法井然。

第二，“斜阳正在、烟柳断肠处”，是暮色苍茫的景象。这是作者在词的结尾处着意运用的重笔，旨在点出南宋朝廷日薄西山、前途暗淡的趋势。它和这首词春去的主题也是紧密相联的。宋人罗大经在《鹤林玉露》中说：“辛幼安（即辛弃疾）晚春词云：‘更能消几番风雨？……’词意殊怨。斜阳烟柳之句，其与‘未须愁日暮，天际乍轻阴’者异矣。……闻寿皇（宋孝宗）见此词颇不悦。”可见这首词流露出来的对国事、对朝廷的观点，都是很强烈的。

词是抒情的文学，它的特点是婉约含蓄。前人说过："词贵阴柔之美。"晚唐五代的花间词，就是如此。花间词是词中的婉约派。这一派词的内容大都是写儿女恋情和闲愁绮怨，而且是供酒边尊前娱宾遣兴之用。到了宋代，词坛上除了婉约派外，又出现了豪放派。豪放派的代表作家如苏轼、辛弃疾，都是把词作为抒写自己的性情、抱负、胸襟、学问的工具的。内容变了，风格跟着也变了。比如辛弃疾另一首《破阵子》：

醉里挑灯看剑，梦回吹角连营。八百里分麾下炙，五十弦翻塞外声，沙场秋点兵。　马作的卢飞快，弓如霹雳弦惊。了却君王天下事，赢得生前身后名。可怜白发生！

它是抒写作者对抗战的理想与愿望的。它的内容和形式，都和婉约派词迥然有别。我们在《花间集》中，是找不到这样的作品的。

拿《破阵子》和这首《摸鱼儿》比较，内容有其相似之处，而形式上，也就是表现手法上，又有区别。《破阵子》比较显，《摸鱼儿》比较隐；《破阵子》比较直，《摸鱼儿》比较曲。《摸鱼儿》的表现手法，比较接近婉约派。它完全运用比、兴的手法来表达词的内容，而不直接说明词的内容。这说明，辛弃疾虽然是豪放派的代表作家，但是一个大作家，他的词风是多种多样的。尽管《摸鱼儿》词采用婉约的表达形式，并未完全掩盖它的内容。我们读这首《摸鱼儿》时，感觉到在那一层婉约含蓄的外衣之内，有一颗火热的心在跳动，这就是辛弃疾学蜘蛛那样，为国家殷勤织网的一颗耿耿忠心。

总起来说，这首《摸鱼儿》的内容是热烈的，而外表是婉约的。使热烈的内容与婉约的外表和谐地统一在一首词里，这说明了辛弃疾这位大作家的才能。最后，我们可以用“肝肠似火，色貌如花”八个字，来作为这首《摸鱼儿》词的评语。

（与无闻合写）

辛弃疾的《菩萨蛮·书江西造口壁》

郁孤台下清江水，中间多少行人泪！西北望长安，可怜无数山。　　青山遮不住，毕竟东流去。江晚正愁余，山深闻鹧鸪。

造口、郁孤台、清江，都在江西赣江流域。辛弃疾淳熙二至三年（1175—1176）任江西提刑（掌管刑法狱讼的官），官署在赣州，这首词当作于这一二年间。

词从赣江想到四十年前金人追隆祐太后（宋高宗的伯母）一路抢掠杀戮的情状，想象江水里还流着那时逃难人民生离死别的眼泪。据《三朝北盟会编》载：隆祐太后离生米市至吉州，有人看见金人已经到了市中，便乘夜开船。第二天天亮时到太和县，又进到万安县，兵士不满百人，将军滕康、刘珏、杨惟忠皆逃窜山谷中；金人追到太和县，太后乃自万安县至皂口舍舟登陆，到了虔州（即赣州）。词中又从郁孤台想到宋朝的故都开封，想到北方无数山河那时都被敌人占领，成为沦陷区了。郁孤台又名望阙，唐代刺史李勉登郁孤台望都城长安，以为郁孤台非美名，改为望阙。古时候几个朝代都在长安建都，所以常用长安代表首都。“西北望长安”实际上是望开封。

下片说江水毕竟要东流去，重叠的山是不能遮断它的去路的。这也许是作者比喻自己百折不回的报国壮志和决心。但是江上暮色苍茫的时候，又听见鹧鸪的啼声，好像说：“行不得也哥哥！”使他想到恢复之业，还是困难重重，引起他无限的忧愁。

这首词情景交融，写出作者一片忧国的心情，不仅仅是一首描写山水的作品。它的下片结句语言沉郁，这由于作者的政治遭遇，也由于当地山险水急，是不舒坦的环境（前人用“郁孤”两字为台名可见），所以作品的感情也带着这种沉郁的色彩。但他用“青山遮不住”二句放在中间起振动的作用，全词便不致消沉无力了。

宋人罗大经的《鹤林玉露》有一段文字论到这首词说：“南渡之初，虏人追隆祐太后御舟至皂口，不及而还，幼安自此起兴。‘闻鹧鸪’之句，谓恢复之事行不得也。”罗大经的末了两句话有语病。辛弃疾一生抱恢复大志，到死不衰，六十多岁还倡议伐金，作这词的时候才三十六七岁，哪会说："恢复之事行不得也！"应该是说恢复之事由于当权者不敢抗战，所以困难还多。

苏轼有《虔州八景图》诗一首说："涛头寂寞打城还，章贡台前暮霭寒。倦客登临无限思，孤云落日是长安。"郁孤台就是"虔州八景"之一。辛弃疾这词字面上有许多地方近似苏轼这首诗，可能是受苏诗的影响。杜甫诗中"愁看直北是长安"；这首词"西北望长安"句就是用这个意思。这些虽然只是关于语言形式方面的问题，但也可见作者怎样融化前人作品成为自己的东西，这种借鉴的手法，也是这首词成功的因素之一。

《菩萨蛮》调全以五、七言句组成，近于唐代的近体诗。它的句子匀整，唐五代、北宋人填此调的，多写儿女柔情，声情谐婉。温庭筠填此调十四首，最著名的一首"小山重叠金明灭"，我在前文已介绍过。辛弃疾这首《菩萨蛮》却不同，它不写儿女柔情，而是抒发对国家民族兴亡及个人抱负难以实现的感慨。梁启超评这首词说："《菩萨蛮》如此大声镗鞳，未曾有也。"（见《艺蘅馆词选》）镗鞳是撞击钟鼓的大声。梁氏这两句话的意思是：用《菩萨蛮》小令写大感慨的词，在辛弃疾以前，未曾有过。

辛弃疾的《丑奴儿》

少年不识愁滋味，爱上层楼；爱上层楼，为赋新词强说愁。　而今识尽愁滋味，欲说还休；欲说还休，却道“天凉好个秋”！

谈辛稼轩这首词之前，得先谈谈这首词的调名。《丑奴儿》这个词在这里并不是丑人的意思。它犹之《西厢记》里的“可憎才”和“冤家”，是故意反说来表示一种强烈的喜爱的感情。这个词调原名叫《采桑子》，也就是《采桑曲》，“子”就是曲。现在所知最早填这个调的是冯延巳和李煜。古乐府《日出东南隅》中咏美女罗敷采桑，所以这个词调又叫《罗敷媚》。“媚”是美好的意思，反过来叫“丑”。《丑奴儿》这个调实是咏美人的曲子。

这个调在古代当是描写美人形态和感情的，如南唐冯延巳就有好几首。后来由写女子的感情转变为写作者自己的感情，像辛弃疾这首就是。

由于这个词调的字句音节是四句七言、四句四言，隔行分列，声调均匀，适宜于表达谐婉的感情，所以辛弃疾这首词也同样是婉约的。

这首词上片四句是说少年时没有尝到愁的滋味，不知道什么叫做“愁”，为了要作新词，没有愁勉强说愁。这四句是对下片起衬托作用的。下片首句说“而今识尽愁滋味”，按一般写法，接下应该描写现在是怎样的忧愁。但是它下面却重复了两句“欲说还休”，最后只用“却道‘天凉好个秋’”一句淡话来结束全篇。这是吞咽式的表情，表示有许多忧愁不能明说。我们联系作者的身世遭遇来看，是能体会他这一句话的深长的含意的。

这词全首写“愁”，上、下片用了三个“愁”字。上片的“为赋新词强说愁”的“愁”，是指闲愁。下片的“而今识尽愁滋味”的“愁”，指关怀国事、怀才不遇所引起的哀愁。我们知道，辛弃疾是一位爱国志士，是一位始终主张抗战的民族英雄，但是一生受统治集团投降派的打击、排挤。词中所说“欲说还休”实际是统治者不许他发表救国的言论。由于他是个北方“归正军民”，处处受到猜忌，所以连话也不敢明讲。辛弃疾曾在《论盗贼札子》中提到自己的处境，说“顾恐言未脱口而祸不旋踵”。这正是“欲说还休”句的注脚。可见“欲说还休”，反映了辛弃疾归宋后的生活处境的真实。从艺术表现技巧方面说，作者在这首词末了用“却道‘天凉好个秋’”这样一句闲淡的话来结束全篇，用这样一句闲淡的话来写自己胸中的悲愤，也是一种高妙的抒情法。深沉的感情用平淡的语言来表达，有时更耐人寻味。这好比绘画，浓笔重彩的画固然收到艺术效果，而淡淡的水墨画的艺术效果，有时更加感人。我们了解了辛弃疾这种处境和遭遇，我们更能体会到这种看去很闲淡的话，内含的感情却是多么的浓烈，这是从不得志英雄血泪中迸发出来的。所以，他这首词外表虽则婉约，而骨子里却是包含着忧郁、沉闷不满的情绪。

辛弃疾的《丑奴儿近·博山道中效李易安体》

千峰云起，骤雨一霎儿价。更远树斜阳，风景怎生图画！青旗卖酒，山那畔、别有人家。只消山水光中，无事过者一夏。　　午醉醒时，松窗竹户，万千潇洒。野鸟飞来，又是一般闲暇！却怪白鸥，觑着人、欲下未下。旧盟都在，新来莫是，别有说话？

辛弃疾退隐江西上饶时，经常来往于博山道中（博山在江西广丰县西南三十多里）。这首词写博山道中所见，它好像是一幅山水画，题目是“效李易安体”，所以这首词写的明白如话。虽然在文字上容易读懂，可是我们要仔细体会，因为它里面隐约地寄托了他的身世之感。词的上片写山水景物；下片则全是想象之辞，虽然是虚写，却是这首词最主要的部分。

上片首写起云，次写骤雨，再次写放晴，是写夏天山村的天气变化。“一霎儿价”就是一会儿工夫。“价”是语助词。“风景怎生图画”句，可以理解为赞叹之辞：“这风景是怎样美丽的图画呵！”也可以体会为反诘语气：“这风景怎么能画得出来呵！”上面六句把山乡风光描绘为一幅清旷的图画。最后两句：“只消山水光中，无事过者一夏。”（“者”就是“这”）是作者写自己的思想愿望，即由此引起下片想象之辞。

下片是作者设想在这里过生活的情景。写“午醉醒时”，看见“松窗竹户”十分潇洒（“万千”是“十分”的意思），又看见飞来的野鸟，更增加了意境的闲暇。末了“却怪白鸥”几句来一个转折，使文情起了变化，说明他所想象的平静悠闲的生活，在现实里是不可能实现的。“旧盟都在”几句是作者对白鸥说的话：“我还记得同你们有过盟约，而你们现在却同我隔膜了。”“别有说话”，是说存在着违背旧盟的念头。古诗有盟鸥之辞，李白诗：“明朝拂衣去，永与白鸥盟。”可能是最早的两句。辛弃疾于退隐带湖新居之初，也有“盟鸥”的《水调歌头》，内有“凡我同盟鸥鸟，今日既盟之后，来往莫相猜”之句。相传白鸥是最无机心的禽鸟，而辛弃疾这首词的结尾却说，连曾经跟我有过盟约的、最无机心的白鸥，如今也不相信我了。用反衬的手法，极写自己在官场上受猜忌的遭遇。

辛弃疾一生政治上的处境是很不得意的，他在《论盗贼札子》中说：“臣生平刚拙自信，年来不为众人所容，顾恐言未脱口而祸不旋踵……”他处处受到统治集团的排斥、打击，经常有人弹劾他，所以他唯恐话还没出口，灾祸就接二连三地来了。在服官江西以后，他又曾受谏官的打击。

辛弃疾的另一首《江神子·博山道中》也有“白发苍颜吾老矣，只此地，是生涯”之句。正是他被迫退休江西的时期。从四十三岁起，他在江西上饶一共住了十年。这种政治遭遇使他很希望摆脱官场生活。这首词的前半，就是反映了他的这种愿望。然而他同时也清楚地知道，这种愿望只是一种不可能实现的空想。即使生活在那样宁静的山乡里，也还是不能逃脱别人的猜忌。

这首词采用铺叙的手法，把景物一一展现在读者的面前。词的上片以及下片的前半，极力渲染风景的优美，环境的闲适。作者这样写的目的是为了衬托最后五句所表达的失意的心情。通过白鸥的背盟，写出自己身世之感和生活道路的坎坷不平，不用一句直笔而收到很高的艺术效果。以淡景写浓愁，这也是辛弃疾词的一种常用的艺术手法。

辛弃疾的《青玉案·元夕》

东风夜放花千树，更吹落、星如雨。宝马雕车香满路。凤箫声动，玉壶光转，一夜鱼龙舞。　　蛾儿雪柳黄金缕，笑语盈盈暗香去。众里寻他千百度；蓦然回首，那人却在、灯火阑珊处。

在辛弃疾的《稼轩长短句》里，有许多慷慨激昂的作品，像《破阵子·为陈同甫赋壮词以寄》以及前面谈过的《水龙吟·登建康赏心亭》等都是。但是他的作品风格是多种多样的，他的豪放激昂的作品固然振奋人心，而婉约含蓄的也同样出色动人。如《摸鱼儿》和《青玉案·元夕》就是。

《青玉案·元夕》写正月十五夜元宵节闹花灯的热闹场面："花千树"，是写灯火之盛，像那千树开花一样。"星如雨"，形容满天的焰火。作者既描写了灯火的繁多，也描写了观灯者裙屐之盛。在观灯的人群中，有些人乘“宝马雕车”，服饰华贵。有些女人头上戴着“蛾儿”、“雪柳”等装饰品，一边观灯，一边盈盈笑语。但是这些都不是作者所要寻找的人。“众里寻他千百度”是说在人群中找了“那人”千百次，仍然找不到。联系上片“玉壶光转，一夜鱼龙舞”二句，知道已整整找了一个晚上（“玉壶”指月光）。作者在前面用了许多笔墨渲染环境气氛，而最后只用几笔勾画出他所要找的那个人的形象和性格。尽管灯市这样闹，看灯的人这样多，但是在这热闹人群中没有“那人”；在最后偶然回头的时候，却发现“那人”站在灯火冷落的地方。到此我们才知道，前面所写的种种热闹的气氛，都是反衬之笔，都是为这个主要人物的形象性格而服务的。

这首词全首写灯火，但一直不肯轻易放出“灯火”二字，只用“花千树”、“星如雨”、“鱼龙舞”等等譬喻字面来暗点，直到最后一句才点出它，却又是在写那个主要人物时附带点出的。这种不平凡的手法，也能加强对读者的印象。

又，这首词主要是写一个孤高、淡泊、自甘寂寞的女性形象。这个女性形象，在花间派以来的文人词里，是很少见的。所以作者郑重地用了两层比衬手法来描写她。词的开头写灯火场景，对那些“笑语盈盈”的观灯妇女来说是正衬，而对孤高的“那人”来说则是反衬。越写灯火热闹，越见“那人”孤高的性格。那“宝马雕车”中的人儿和戴着“蛾儿”、“雪柳”的妇女，对“那人”也是反衬。全词十三句，用作反衬的有九句，而写主要人物形象的，却只四句。这不是喧宾夺主，通过对宾的着重描写，正起了加强突出主要人物形象的作用。

杜甫诗“绝代有佳人，幽居在空谷”，是把“佳人”放在冷落的“空谷”的背景上来塑造，辛弃疾这首《青玉案》，则把“那人”放在火树银花的元宵佳节极其热闹的背景上来塑造。背景有冷热的不同，而美人的高标则是一致。这也是这首词可注意的艺术手法。

说这首词主要是写一个孤高、淡泊、自甘寂寞的女性形象，那还是表面的看法。作者在政治上失意的时候，有许多作品，大抵都寄托了他自己的身世之感。这首词里的“那人”形象，何尝不是作者自己人格的写照？这词编在四卷本《稼轩词》的甲集里，甲集编于淳熙十五年（1188），可知这词必作于淳熙十五年之前。淳熙十五年，作者四十九岁，他被迫退休于江西上饶，已经六七年了；这词里所谓“灯火阑珊处”，可能也就是作者那时在政治上被排斥的境地的写照。梁启超说这词“自怜幽独，伤心人别有怀抱”，这是很可信的评语。彭孙遹《金粟词话》以“秦周之佳境”评“蓦然回首”三句，那还只是艺术手法的欣赏，并不曾接触到它的思想感情。

辛弃疾的农村词

西江月　夜行黄沙道中

明月别枝惊鹊，清风半夜鸣蝉。稻花香里说丰年，听取蛙声一片。　　七八个星天外，两三点雨山前。旧时茅店社林边，路转溪桥忽见。

辛弃疾写了好几首农村词，这首《西江月》是比较突出的一首。它是通过对自然界风光的描写，来表现农村的生活和心情的。黄沙岭在江西上饶之西。辛弃疾退隐上饶带湖时，经常行经风景优美的黄沙道中。词里只选用夏夜一晴一雨两个镜头：上片写晴，下片写雨。上片通过三种动物：鹊、蝉、蛙来写晴，是有详略、深浅、主次之分的。首先以惊鹊写明月，因为明月出来了，枝上的鹊儿见光惊飞，离开枝头。“别枝”在这里作离开枝头解，与苏轼诗“月明惊鹊未安枝”同意，不是“蝉曳残声过别枝”作另外一枝解的“别枝”。次写鸣蝉，半夜还有蝉鸣，可见天气很热，为下片写雨作伏笔，头两种动物都还只是略写、浅写。最后写蛙。“稻花香里说丰年”两句，表现了丰年人们的喜悦心情。看见稻花，闻到稻香，可知年成，但是在稻花香里说好年成的却不是人而是一片蛙声。因为在人们内心异常高兴时，往往会觉得周围的一切事物也都沾染上人们的喜悦心情，涂上愉快的色彩。蛙与丰年原无必然的联系，现在由于人们沉浸在欢乐之中，所以听到蛙声，感到它似乎也为丰年而欢唱。无知之物尚且如此，曾经付出辛勤劳动的人们，在丰收在望时的兴奋心情，更是可想而知了。作者运用侧面烘托的手法，比正面写丰收，要生动、深刻得多了。

下片写雨。雨前天空已经起了云，天上只看见七八个星星，那是在云层里透漏出来的，说它只有少数的七八个，是写云层之密，预示了未雨时已有雨意。卢延让诗：“两三条电欲为雨，七八个星犹在天。”也是用“七八个星”来写雨前的天象。第二句写雨来。山前忽然飘下“两三点雨”，这是夏天骤雨来临的前奏，不是写春雨。末两句写行人的先焦急后喜悦的心理：他曾记得在那土地庙树林旁边，有一爿茅店，可以避避雨。他急急忙忙地过了溪桥，拐了一个弯，那爿茅店果然在“社林边”出现了。写出行人的喜悦心情，也就是表现作者自己的喜悦心情。

这首词挑选几件小事物，来描写农村风光。既写了景，也写了人。不但真切地描绘出一幅农村夏夜的画面，而且表现了农村的丰收景象和人们的喜悦心情。作者的表现手法生动、灵活，能给人以相当丰富的美的享受。在宋代描写农村的词篇中，它不愧是一首名作。

清平乐

茅檐低小，溪上青青草。醉里吴音相媚好，白发谁家翁媪！　大儿锄豆溪东，中儿正织鸡笼。最喜小儿无赖，溪头看剥莲蓬。

这首词也是描写农村生活。作者那时退隐在江西乡间，这词所反映的当是江西上饶一带农村的风光。上片表现乡村生活的和平与安宁，写老人过着美好晚年生活。下片写村中劳动情况。

首两句：在青草溪边看见一座低小的茅屋。第三句写人：

尚未见人，先闻其声。“醉里吴音相媚好”，“醉里”不是说作者自己喝醉了酒，而是听到有人带着醉意用吴音交谈。醉里闲谈，正是写农民们过着安宁的生活。这里“吴音”泛指南方话，江西古时叫“吴头楚尾”，在吴、楚之间，所以江西话也可以叫吴音。他听见这样柔和娴婉娓娓动听的语音，初以为一定是一对青年男女在谈情，但是一看，却感到惊奇：原来是一对白发苍苍的老年夫妇！用“相媚好”一词来形容这一对老年夫妇的软媚的“吴音”，更能表现出他们美好生活和心情。这不仅是写人物的心境，主要是写整个农村的平静光景。社会情况通过少数人的语音来描写，是很高妙的手法。在句子安排上，用倒装章法，先闻其声，后见其人，出乎意外，才令人惊异；如果顺着次序先写人，后闻声，便不生动了。

上片写老年人，下片则写年轻人。通过这个人家三个儿子的举动，描写出整个农村的劳动生活。大儿、中儿都在劳动，只有最小的一个，什么都不干，在溪头看剥莲蓬。这是说，除了最小的以外，其他一切的人都在劳动，用侧面写法，突出乡村无闲人的光景。“无赖”在这里当“淘气”解，并不是责骂的话。“溪头看剥莲蓬”，把小孩子的年龄特征、贪食好玩的神态都刻画出来。说“最喜小儿无赖”，是用反衬手法来加重语气，譬如我们说：“除了瞎子以外，谁都看见！”“除了聋子以外，谁都听见！”这比直说“无人不看见”、“无人不听见”有力得多。（末了一句，四卷本《稼轩词》及《花庵词选》都作“溪头卧剥莲蓬”。）这也是写小孩子不正经参加劳动。如果理解为下片四句是写全村人包括小孩子在内都参加劳动，那就未免贬低这几句的艺术手法了。

辛稼轩的农村词，大多数作于江西上饶和铅山。当时这一带地区表面上比较安定，辛弃疾在农村词中反映出农村外表上比较安定的一面，没有进一步揭露农村里的阶级矛盾，这是他的作品的缺点。但同时我们也应该看到：他之所以把农村描写得这样美好，正是表现他对当时官场恶劣空气的不满。辛弃疾自号“稼轩”，又把自己的几个儿子都取了“禾”旁的名字。他还有好几首怀念陶渊明的词，在一首《水龙吟》中说：“白发西风，折腰五斗，不应堪此。”他把不肯为五斗米折腰而归田亩的陶渊明引为异代知己，这都说明辛弃疾在被迫罢官以后表示出来的对官场的厌恶。与官场情形相对比，他增长了对农村生活的喜爱。他把这种喜爱农村的思想，通过高度的艺术手法表达在这首《清平乐》中。他的这些反映农村的作品在宋代词坛上是一丛珍贵的花朵。

辛弃疾的《破阵子·为陈同甫赋壮词以寄》

醉里挑灯看剑，梦回吹角连营。八百里分麾下炙，五十弦翻塞外声，沙场秋点兵。　马作的卢飞快，弓如霹雳弦惊。了却君王天下事，赢得生前身后名。可怜白发生！

这是辛弃疾寄给陈亮（字同甫）的一首词。陈亮是一位爱国志士，一生坚持抗金的主张，他是辛弃疾政治上、学术上的好友。他一生不得志，五十多岁才状元及第，第二年就死了，他俩同是被南宋统治集团所排斥、打击的人物。宋淳熙十五年（1188），陈亮与辛弃疾曾经在江西鹅湖商量恢复大计，但是后来他们的计划全都落空了。这首词可能是这次约会前后的作品。

这词全首都写军中生活，也可以说是写想象中的抗金军队中的生活。上片描写在一个秋天的早晨沙场上点兵时的壮盛场面。开头两句写军营里的夜与晓，“醉里挑灯看剑”一句有三层意思：“看剑”表示雄心，“挑灯”点出时间，醉里还挑灯看剑是写念念不忘报国。次句“梦回吹角连营”，写拂晓醒来时听见各个军营接连响起雄壮的号角声。上句是看，此句是闻。接下三句写兵士们的宴饮、娱乐生活和阅兵场面，词的境界逐渐伸展、扩大。“八百里分麾下炙”，八百里炙是指烤牛肉。《晋书》载：王恺有牛名八百里驳，常莹其蹄角，王济与王恺赌射得胜，命左右探牛心作炙。“麾”是军旗。全句的意思是：兵士们在军旗下面分吃烤熟的牛肉。“五十弦翻塞外声”，指各种乐器合奏出雄壮悲凉的军歌。古代的瑟有五十弦。李商隐诗：“锦瑟无端五十弦。”这词里的“五十弦”，当泛指合奏的各种乐器。“翻”，指演奏。“塞外声”，指雄壮悲凉的军歌。

下片写投入战斗的惊险场面。“马作的卢飞快”，“的卢”，骏马名。相传三国刘备在荆州遇厄，的卢马载着他一跃三丈，越过檀溪（见《三国志·先主传》引《世说》）。“作”，作“如”解。“弓如霹雳弦惊”，比喻射箭时弓弦的响声如雷震。“了却君王天下事”两句，描写战斗获胜，大功告成时将军意气昂扬的神情。“天下事”指收复中原。收复中原，不仅是君王的事，也是人民共同关心的大事。末句一结，却转到在南宋统治集团的压抑下，恢复祖国河山的壮志无从实现的悲愤。这一转折，使上面所写的愿望全部成为幻想，全部落空。

这首词题是“壮词”，前面九句的确可称得上是壮词，但是最后一句使全首词的感情起了变化，使全首词成为悲壮的而不是雄壮的。前面九句是兴高采烈、雄姿英发的。最后一句写出了现实与理想的大矛盾，理想在现实生活中的幻灭。这是辛弃疾一生政治身世的悲愤，也同样是陈亮的悲愤。

辛弃疾被称为宋词豪放派的宗师。在这首词中表现的艺术风格有两方面：一是内容感情的雄壮，它的声调、色彩与婉约派的作品完全不同。二是他这首词结构布局的奇变。一般词分片的作法，大抵是上下片分别写景和抒情，这个词调依谱式应在“沙场秋点兵”句分片。而这首词却把两片内容紧密连在一起，过变不变（过变是第二片的开头）。依它的文意看，这首词的前九句为一意，末了“可怜白发生”一句另为一意。全首词到末了才来一个大转折，并且一转折即结束，文笔很是矫健有力。前九句写军容写雄心都是想象之辞。末句却是现实情况，以末了一句否定了前面的九句，以末了五个字否定前面的几十个字。前九句写得酣恣淋漓，正为加重末五字失望之情。这样的结构不但宋词中少有，在古代诗文中也很少见。这种艺术手法也正表现了辛词的豪放风格和他的独创精神。但是辛弃疾运用这样的艺术手法，不是故意卖弄技巧、追求新奇，这种表达手法正密切结合他的生活感情、政治遭遇。由于他的恢复大志难以实现，心头百感喷薄而出，便自然打破了形式上的常规，这绝不是一般只讲究文学形式的作家所能做到的。

辛弃疾的《西江月·遣兴》

醉里且贪欢笑，要愁那得工夫。近来始觉古人书，信著全无是处。　昨夜松边醉倒，问松我醉何如？只疑松动要来扶，以手推松曰去！

这首词题目是“遣兴”。从词的字面看，好像是抒写悠闲的心情。但骨子里却透露出他那不满现实的思想感情和倔强的生活态度。

这首词上片前两句写饮酒，后两句写读书。酒可消愁，他生动地说是“要愁那得工夫”。书可识理，他说对于古人书“信著全无是处”。这是什么意思呢？“尽信书，不如无书。”这句话出自《孟子》。《孟子》这句话的意思，是说《尚书·武成》一篇的纪事不可尽信。辛词中“近来始觉古人书，信著全无是处”两句，含意极其曲折。他不是菲薄古书，而是对当时现实不满的愤激之词。我们知道，辛弃疾二十三岁自山东沦陷区起义南来，一贯坚持恢复中原的正确主张。南宋统治集团不能任用辛弃疾，迫使他长期在上饶乡间过着退隐的生活。壮志难酬，这是他生平最痛心的一件事。这首词就是在这样的环境、这样的心境中写成的，它寄托了作者对国家大事和个人遭遇的感慨。“近来始觉古人书，信著全无是处”，就是曲折地说明了作者的感慨。古人书中有一些至理名言。比如《尚书》说：“任贤勿贰。”对比南宋统治集团的所作所为，那距离是有多远呵！由于辛弃疾洞察当时社会现实的不合理，所以发为“近来始觉古人书，信著全无是处”的浩叹。这两句话的真正意思是：不要相信古书中的一些话，现在是不可能实行的。

这首词下片更具体写醉酒的神态。“松边醉倒”，这不是微醺，而是大醉。他醉眼迷蒙，把松树看成了人，问他：“我醉得怎样？”他恍惚还觉得松树活动起来，要来扶他，他推手拒绝了。这四句不仅写出惟妙惟肖的醉态，也写出了作者倔强的性格。仅仅二十五个字，构成了剧本的片段：这里有对话，有动作，有神情，又有性格的刻画。小令词写出这样丰富的内容，是从来少见的。

“以手推松曰去”，这是散文的句法。《孟子》中有“‘燕可伐欤？’曰：‘可。’”的句子；《汉书·二疏传》有疏广“以手推常曰：‘去！’”的句子。用散文句法入词，用经史典故入词，这都是辛弃疾豪放词风格的特色之一。从前持不同意见的人，认为以散文句法入词是“生硬”，认为用经史典故是“掉书袋”。他们认为：词应该用婉约的笔调、习见的词汇、易懂的语言，而忌粗豪、忌用典故、忌用经史词汇，这是有其理由的。因为词在晚唐、北宋，是为配合歌曲而作的。当时唱歌的多是女性，所以歌词要婉约，配合歌女的声口；唱来使人人容易听懂，所以忌用典故和经史词汇。但是到辛弃疾生活的南宋时代，词已有了明显的发展，它的内容丰富复杂了，它的风格提高了，词不再专为应歌而作了。尤其是像辛弃疾那样的大作家，他的创造精神更不是一切陈规惯例所能束缚。这由于他的政治抱负、身世遭遇不同于一般词人。若用陈规惯例和一般词人的风格来衡量这位大作家的作品，这是不从发展的观点看问题。

辛弃疾的《永遇乐·京口北固亭怀古》

千古江山，英雄无觅、孙仲谋处。舞榭歌台，风流总被、雨打风吹去。斜阳草树，寻常巷陌，人道寄奴曾住。想当年、金戈铁马，气吞万里如虎。　元嘉草草，封狼居胥，赢得仓皇北顾。四十三年，望中犹记、烽火扬州路。可堪回首，佛狸祠下，一片神鸦社鼓！凭谁问，廉颇老矣，尚能饭否？

这是《稼轩词》中突出的爱国篇章之一。它的思想内容包括两个方面：一、写作者抗敌救国的雄图大志；二、写作者对恢复大业的深谋远虑和为国效劳的忠心。

宋宁宗嘉泰三年（1203），辛弃疾六十四岁时，被召起知绍兴府兼浙东安抚使。这以前，辛弃疾被迫退居江西乡间已有十多年了。起用他的是执掌大权的韩侂胄。因为那时蒙古已经崛起在金政权的后方，金政权日益衰败，并且起了内乱。韩侂胄要立一场伐金的大功，以巩固自己的地位，于是起用了辛弃疾作为号召北伐的旗帜。第二年（1204），任他作镇江知府——镇江在那时濒临抗战前线。辛弃疾初到镇江，努力做北伐的准备。他明确断言金政权必乱必亡。他又认为：南宋要取得对金作战的胜利，必须做好充分的准备工作。他曾对宋宁宗和韩侂胄提出了这些意见，并建议应把对金用兵这件大事委托给元老重臣。这无疑是包括辛弃疾自己在内的。可是韩侂胄一伙人不但不能采纳，反而有所疑忌不满，他们借口一件小事故，给他一个降官的处分。开禧元年（1205）索性把他调离镇江，不许他参加北伐大计。辛弃疾二十三岁从山东起义南来，怀着一腔报国热情，在南方呆了四十三年，开始遭到投降派的排挤，现在又遭到韩侂胄一伙人的打击，他那施展雄才大略来为恢复大业出力的愿望又落空了。这就是辛弃疾写这首词的时代背景。

这首词题为“京口北固亭怀古”，所以一开头就从镇江的历史人物——孙权和刘裕说起。孙权是三国时吴国的皇帝，他在南京建立吴国的首都，并且能够打垮来自北方的侵犯者曹操的军队，保卫了国家。辛弃疾登上京口北固亭怀古，第一个想到的就是三国时期的英雄人物孙仲谋（即孙权），只是现在已无处可寻了。“风流总被、雨打风吹去”，谓孙仲谋英雄事业的流风余韵，现已无存。“寄奴”，是南朝宋武帝刘裕的小字。刘裕在京口起兵讨伐桓玄，平定叛乱。“想当年”三句，颂扬刘裕率领兵强马壮的北伐军，驰骋中原，气吞胡虏。作者借这些京口当地的历史人物的英雄业绩，隐约地表达自己对抗敌救国的心情。

下片“元嘉草草，封狼居胥”几句也是用历史事实。“元嘉”是南朝宋文帝的年号。宋文帝刘义隆是刘裕的儿子。他不能继承父业，好大喜功，听信王玄谟的北伐之策，打无准备之仗，结果一败涂地。封狼居胥是用汉朝霍去病战胜匈奴，在狼居胥山（今属内蒙古自治区）举行祭天大礼的故事。宋文帝听了王玄谟的大话，对臣下说：“闻王玄谟陈说，使人有封狼居胥意。”辛弃疾用宋文帝“草草”（草率的意思）北伐终于惨败的历史事实，来作为对当时伐金须做好充分准备、不能草率从事的深切鉴戒。“仓皇北顾”，是看到北方追来的敌人张皇失色的意思，宋文帝战败时有“北顾涕交流”的诗句。韩侂胄于开禧二年（1206）北伐战败，次年被诛，正中了辛弃疾的“赢得仓皇北顾”的预言。

“四十三年”三句，由今忆昔，有屈赋的“美人迟暮”的感慨。辛弃疾于绍兴三十二年（1162）率众南归，至开禧元年在京口任上写这首《永遇乐》词，正好是四十三年。“望中犹记”两句，是说在京口北固亭北望，记得四十三年前自己正在战火弥漫的扬州以北地区参加抗金斗争。（“路”是宋朝的行政区域名，扬州属淮南东路。）后来渡淮南归，原想凭藉国力，恢复中原，不期南宋朝廷昏聩无能，使他英雄无用武之地。如今过了四十三年，自己已成了老人，而壮志依然难酬。辛弃疾追思往事，不胜身世之感！

“佛狸祠下”三句，从上文缅怀往事回到眼前现实，使辛弃疾感到惊心：长江北岸瓜步山上有个佛狸祠，是北魏太武帝拓跋焘留下的历史遗迹：拓跋焘小字佛狸，属鲜卑族。他击败王玄谟的军队后，率追兵直达长江北岸的瓜步山，在山上建立行宫，这就是后来的佛狸祠。当地老百姓年年在佛狸祠下迎神赛会，“神鸦”是吃祭品的乌鸦，“社鼓”是祭神的鼓声。辛弃疾写“佛狸祠下”三句，表示自己的隐忧：如今江北各地沦陷已久，不迅速谋求恢复的话，民俗安于异族的统治，忘记了自己是宋室的臣民。这正和陆游的《北望》诗所谓：“中原堕胡尘，北望但榛莽。耆年死已尽，童稚日夜长。羊裘左其衽，宁复记畴曩！”彼此意思相同。

辛弃疾这首词最后用廉颇事作结，是作者到老而爱国之心不衰的明证。廉颇虽老，还想为赵王所用。他在赵王使者面前一顿吃了一斗米的饭、十斤肉，又披甲上马，表示自己尚有余勇。辛弃疾在这词末了以廉颇自比，也正表示自己不服老，还希望能为国效力的耿耿忠心。

辛弃疾词的创作方法，有一点和他以前的词人有明显的不同，就是多用典故。如这首词就用了这许多历史故事。有人因此说他的词缺点是好“掉书袋”。岳飞的孙子岳珂著《桯史》，就说“用事多”是这首词的毛病，这是不确当的批评。我们应该做具体的分析：辛弃疾原有许多词是不免过度贪用典故的；但这首词却并不如此，它所用的故事，除末了廉颇一事之外，都是有关镇江的史实，眼前风光，是“京口北固亭怀古”这个题目应有的内容，和一般辞章家用典故不同；况且他用这些故事，都和这词的思想感情紧密相联，就艺术手法论，环绕作品的思想内容而使用许多史事，以加强作品的说服力和感染力，在宋词里是不多见的，这正是这首词的长处。杨慎《词品》谓“辛词当以京口北固亭怀古《永遇乐》为第一”。这是一句有见地的评语。

刘克庄的《清平乐·五月十五夜玩月》

风高浪快，万里骑蟾背。曾识姮娥真体态，素面原无粉黛。　身游银阙珠宫，俯看积气闬闬。醉里偶摇桂树，人间唤作凉风。

刘克庄这首《清平乐》，是充满浪漫主义色彩的作品。他运用丰富的想象，描写遨游月宫的情景。开头“风高浪快，万里骑蟾背”二句，是写万里飞行，前往月宫。“风高浪快”，形容飞行之速。“蟾背”点出月宫。《后汉书·天文志》刘昭注引张衡《灵宪浑仪》：“羿请无死之药于西王母，姮娥窃之以奔月……是为蟾蜍。”后人就以蟾蜍为月的代称。

“曾识姮娥真体态”，“曾”字好。意思是说，我原是从天上来的，与姮娥本来相识。这与苏轼《水调歌头》“我欲乘风归去”的“归”字同妙。

“素面原无粉黛”，暗用唐人“却嫌脂粉污颜色”诗意。这句是写月光皎洁，用美人的素面比月，形象性特强。

下片写身到月宫。“俯看积气闬闬”句，用《列子·天瑞篇》故事：杞国有人担心天会掉下来，有人告诉他说：“天积气耳。”从“俯看积气闬闬”句，表示他离开人间已很遥远。

末了“醉里偶摇桂树，人间唤作凉风”二句，是全首词的命意所在。用“醉”字、“偶”字好。这里所描写的只是醉中偶然摇动月中的桂树，便对人间产生意外的好影响。这意思是说，一个人到了天上，一举一动都对人间产生或好或坏的影响，既可造福人间，也能贻害人间。

北宋王令有一首《暑旱苦热》诗，末二句说：“不能手提天下往，何忍身去游其间。”全诗都是费气力写的。刘克庄这首《清平乐》则写得轻松明快，与王令的《暑旱苦热》诗比较，用意相近而表现风格不同。

刘克庄有不少作品表现忧国忧民思想，如《运粮行》、《苦寒行》、《筑城行》等。他写租税，写征役，为民请命，都很沉痛。这首词“人间唤作凉风”，该也是流露作者对清平世界的向往。全首词虽然有浓厚的浪漫主义色彩，但是作者的思想感情却不是超尘出世的。他写身到月宫远离人间的时候，还是忘不了下界人民的炎热，希望为他们起一阵凉风。联系作者其他关心民生疾苦的作品，可以说这首词也可能是寄托这种思想的，并不只是描写遨游月宫的幻想而已。

谈有寄托的咏物词

在宋词里，除了多数写闺情的以外，还有不少咏物词。这些咏物词大约可以分为三类：第一类是单纯描写事物形象，没有什么寓意的，如史达祖的《双双燕》、吴文英的《宴清都·连理海棠》等。第二类是搬弄典故，毫无意义的。第三类最可贵，即是有寄托的咏物词。

这第三类作品，在我国文学发展史上有其悠久的传统。早在《离骚》中就有用“美人”、“香草”来寄托君臣。《楚辞》的《橘颂》则整篇以“橘”比喻作者的人品：如“受命不迁，生南国兮。深固难徙，更壹志兮”。杜甫也作了许多咏物诗，如咏《房兵曹胡马》的：“所向无空阔，真堪托死生！”两句，实是写人的品格。上句写马的骁勇，说它所要去的地方，是无远（空阔）不达的，是比喻人的才力。下句说骑马者可以把生命交托给它，这是用来比喻忠贞。杜甫还有一首咏“萤”诗，起句是：“幸因腐草出，敢近太阳飞。”“太阳”是比皇帝，上句用“幸”、“腐”字，无疑是借萤火指斥宦官的（宦官是受过腐刑的人）。

宋代的大词家咏物而有寄托的作品，我们首先想到的是苏轼的一首《卜算子·黄州定慧院寓居作》：

> 缺月挂疏桐，漏断人初静。谁见幽人独往来？缥缈孤鸿影。　惊起却回头，有恨无人省。拣尽寒枝不肯栖，寂寞沙洲冷。

这首词是元丰三年苏轼初到黄州贬所之作（王文诰《苏诗总案》编入元丰五年，疑误）。首二句写夜深，用“缺”、“疏”、“断”几个字极写幽独凄清的心境。下面“谁见”两句，说只有幽人独自往来。“幽人”指作者自己，是主。“孤鸿”是对“幽人”的衬托，是宾。下片把两者合在一起，写“孤鸿”也就是写作者自己。下片用“惊”、“恨”、“寒”、“寂寞”、“冷”这许多字面，更明显地写出作者在患难之中“忧谗畏讥”的情绪。苏轼元丰二年（四十四岁时）因咏诗讽刺时政，被人弹劾，几乎丧命。次年贬到黄州，他在给友人李廌（按，当为李之仪，字端叔；李廌，字方叔）的信中写道：“得罪以来，深自闭塞。扁舟草履，放浪山水间，与渔樵杂处，往往为醉人所推骂，自喜渐不为人识。”可见当时他畏惧的心情。他的朋友陈慥约他到武昌去住，他也不敢去。他给陈慥信说：“又恐好事君子，便加粉饰，云：‘擅去安置所，而居于别路。’传闻京师，非细事也。虽复往来无常，然多言者何所不至。”读他这些信札，我们可以了解他以“惊起却回头”的孤鸿自比的用意。他在这种战战兢兢的境遇里，即使有高枝好栖，还是拣来拣去“不肯栖”，只好宿在沙洲里，耐寂寞，耐寒冷。

这原是一首很好的有寄托的咏物词，但后来有些人不懂作者的含义，便造出温都监女儿的故事，说这首词是为一个女子作的，孤鸿是指这女子。故事是这样的：惠州温氏女，颇有色，年十六，不肯许配人。见了苏轼，一往情深，时常徘徊窗外，听轼吟咏。后来轼渡海南行，女遂卒，葬于沙滩侧。轼回惠，因作《卜算子》词。南宋时代都市里说“评话”的人，时常把古人诗词敷衍作故事来说唱。这首词被附会为爱情故事，大抵出于这种评话家。就这首词的本身来说，这样附会是有损于它的意义的。

宋代的大词家，除了苏轼以外，陆游、辛弃疾也都作有寄托的咏物词，如前面谈过的陆游的《卜算子·咏梅》，就是以梅花来象征自己高洁的品格的。辛弃疾的咏物词比苏、陆二家更多，一共有六十多首，占他全部词作的十分之一，其中咏花的多至四五十首。这是前人所少有的。它的风格也和前人不同，有用《楚辞》词汇写的，有用史书故事写的。用《楚辞》的如《喜迁莺·赵晋臣敷文赋芙蓉见寿，用韵为谢》，它的下片：

> 休说，搴木末。当日灵均，恨与君王别。心阻媒劳，交疏怨极，恩不甚兮轻绝。千古《离骚》文字，芳至今犹未歇。都休问，但千杯快饮，露翻荷叶。

这首词是咏荷花的。芙蓉有两种：一是木芙蓉，一是荷花。《尔雅·释草》：“荷，芙蕖。”注：“别名芙蓉。”这词上片用潘妃步步生莲花、六郎貌似莲花的故事，无疑是咏荷花。词的上片写荷花的姿态，这里从略。下片多用《楚辞·九歌》。首句是从《湘君》中“采薜荔兮水中，搴芙蓉兮木末”两句来的。《湘君》的原意是说：薜荔缘木而生，芙蓉生长在水里，若采薜荔于水中，搴芙蓉于木末，必然一无所得。“木末”即树梢。词中“休说，搴木末。当日灵均，恨与君王别”，意思是：不要说自己的所求不能实现吧，看当年屈原的遗恨，是和君王分别，不也是如此吗？（分别是说楚王和他不同心，“灵均”是屈原的字。）下面“心阻媒劳”三句也用《湘君》：“心不同兮媒劳，恩不甚兮轻绝。……交不忠兮怨长，期不信兮告余以不闲。”原意是说楚王听了小人谗言，不信任屈原。辛弃疾这里以“信而见疑，忠而被谤”的屈原自比，写出自己不能实现报国壮志的苦闷。末了几句是说《离骚》的时代虽然离现在很久了，但是它的文字却万世流芳（“芳菲菲其难亏兮，芬至今犹未沫。”也是《离骚》句）。这样的君臣遭遇，自古皆然，所以末了说“都休问”，还是痛饮一场吧！“露翻荷叶”是借荷叶比酒杯。这首词通过咏花，写出作者的牢骚不平。辛词用《楚辞》的很多，这是其一。

辛弃疾咏花词中，咏梅的更多，共有十余首，有些也是有寄托的。如《临江仙》：“更无花态度，全是雪精神。”就是以梅花来表现自己的品格。又如《鹧鸪天》的上片：

桃李漫山过眼空，也宜恼损杜陵翁。若将玉骨冰肌比，李蔡为人在下中。

这里以桃李与梅花比较，用史传人物来打比喻。《史记·李将军列传》说李广的族弟李蔡为人在下中，名声出李广下甚远，然广不得爵邑，官不过九卿，而蔡封侯，位至三公。这是说：桃李虽然漫山满谷，而过眼即空，好像李蔡一样，只是下中品的人才。

一般咏花草的词，大都是属婉约体的。婉约派大家周邦彦、姜夔、吴文英都有许多咏花的作品。它们多半是单纯咏物的，如吴文英的《宴清都》等。姜夔则以咏花写自己的爱情故事，如《暗香》、《疏影》等。

辛弃疾是豪放派大家，我们知道他有许多反映国家大事的豪放词，殊不知他还有这样多的咏物、咏花的作品，这一点是值得注意的。

咏花词一般都是用纤丽的字面、美人的故事，而辛弃疾却运用《楚辞》、《史记》这些大作品，这种手法，也是前所少有的。

辛弃疾写了许多有寄托的咏物词，这与他的身世遭遇有关。他之所以在词中以《楚辞》、《史记》咏花，是为了寄托自己被猜忌、被排斥的身世之感。以上所举的几首词，都是他被迫退隐时期的作品。正因为他的咏物词有这样深刻的寓意，所以它的思想意义就比单纯描写物象的咏物词高得多了。

填词怎样选调

词，是一种配合音乐的文学，它本为歌唱而作。词调是规定一首词的音乐腔调的。

选一个最适合于表达自己创作感情的词调，是填词的第一步工序。

各个词调都有它特定的声情——音乐所表达的感情，初学填词者要懂得如何选择它，如何掌握运用它。如《满江红》、《水调歌头》一类词调，声情都是激越雄壮的，一般不用它写婉约柔情；《小重山》、《一剪梅》等是细腻轻扬的，一般不宜写豪放感情。词调声情必须和作品所要表达的感情相配合，这首作品才能够达到它的音乐效果，才能够达到超于五、七言诗的效果。

自从词和音乐逐渐脱离之后，一般词人不复为应歌而填词，以为抒情达意，词同于诗，可以不顾它的音乐性，因之并忽略词调的声情。这种情形早在宋代就已产生，如《千秋岁》这个调子，欧阳修、秦观、李之仪诸人的作品都带着凄凉幽怨的声情（秦观填这个调，有“落红万点愁如海”的名句）。我们看这个调子的声韵组织：它的用韵很密，并且不押韵的各句，句脚都用仄声字，没有一句用平声字来作调剂的，所以读来声情幽咽，黄庭坚就用这个调来吊秦观，后人便多拿它作哀悼吊唁之词。可是宋代的周紫芝、黄公度等人因调名《千秋岁》却用它填写祝寿之词，那就大大不合它的声情了。《寿楼春》调声情凄怨，有人拿它填作寿词也不对。这都是只取调名而不顾调的声情的错误。所谓“填词”必须“选调”，原是选调的声情而不是选调的名字。

怎样认识分辨每个词调的声情呢？在词和音乐还不曾脱离的时候，有些论词的书籍，记载过某些词调的声情；最著名的是宋代王灼的《碧鸡漫志》。它对《雨霖铃》、《何满子》、《念奴娇》等调，都有详细的著录，这是介绍词调声情最可宝贵的材料；可惜这类材料保存下来的不多。我们现在研究词调，只有拿《词律》、《词谱》等书作基础，仔细揣摩它的声情。大概可有几种方法：

1. 从声、韵方面探索，这包括字声平拗和韵脚疏密等；2. 从形式结构方面探索，包括分片的比勘和章句的安排等；

3. 排比前人许多同调的作品，看他们用这个调子写哪种感情的最多，怎样写得最好。

这样琢磨推敲，也许会对于运用某些词调声情的规律十得七八。

但是，一切形式总是为内容服务的，我们掌握词调的声情，是为了更好地表达词的内容，绝不应死守词的格调而妨碍它的思想感情。北宋婉约派词人周邦彦，尽管他精通音律，讲究声调，但是由于作品内容空虚，他的成就便远不及苏、辛豪放派的作家。而苏、辛派作家作品因为有丰实内容，自然要求突破格律的束缚。所以我们揣摩词调的声情，不应为声情而声情，走上周邦彦一派的歧路。我们要能入能出，做到《庄子》所说“得鱼忘筌”的地步。这是我们要注意的第一点。还有，形式格调虽然有定而实无定，能活用形式格调的人，是作家。我们说某个词调宜于写豪放感情，或宜于写婉约感情，这只是一般的说法，并不排斥许许多多例外的作品。譬如我们一般都说《满江红》是声情激越的调子，宜于写豪放感情，但是辛弃疾“敲碎离愁”一首说：“满眼不堪三月暮，举头已是千山绿。但试把一纸写来书，从头读。”“风卷庭梧”一首说：“天远难穷休久望，楼高欲下还重倚。拚一襟寂寞泪弹秋，无人会。”何尝便不如“不念英雄江左老，用之可以尊中国。叹诗书万卷致君人，翻沉陆！”又如“六州歌头”的声韵结构，无疑是沉郁顿挫的，从宋代贺铸、张孝祥、刘过诸家所作可见。而辛弃疾的“晨来问疾”一首，韩元吉的“东风着意”一首却用它来写幽隐、咏桃花，声情又何尝不合。可见大作家能运用一种形式纵横无碍地写多种情感，而不会困于格律之下。我们说选调，原要揣摩声情，但不能以揣摩所得的声情来衡量大作家具体的作品。反之，我们有时却要以大作家具体的作品为标准，来衡量某些词调的声情，一个词调用多种具体作品来衡量，可以有多种声情；如前举《满江红》、《六州歌头》。（当然，首先要估定这首具体作品的价值。）古语说：“神而明之，存乎其人。”我们说词调声情，正要体会这句合理的古语。

以后再列举若干词调作为例子，略加解说，以补《词律》、《词谱》诸书所未备。

词调与声情

在上篇里，我曾谈到各个词调都有它特定的声情，现在略举数例，稍作说明。（旁谱说明：“—”表平声，“|”表仄声，“┬”表平声可以作仄，“┴”表仄声可以作平。）

例一：《西江月·遣兴》（辛弃疾）

醉里且贪欢笑（句），要愁那得工夫（平韵）。近来
┴|┴—┬|　┴—┴|——　┴—

始觉古人书（叶平），信著全无是处（仄韵）。昨夜
┴||——　┴|┴—┴|　┴|

松边醉倒（句），问松我醉何如（叶平）？只疑松动要来
┬—┴|　┴—┴|——　┴—┬||—

扶（叶平），以手推松曰去（仄韵）！
—　┴|┬—┴|

此双调五十字。《词谱》说它“始于南唐欧阳炯。前后段两起句俱叶仄韵。自宋苏轼、辛弃疾外，填者绝少”。案此调

已见于唐代《教坊记曲名表》，非始于五代欧阳炯。现存作品，时代最早的是《敦煌曲子词》中写月夜弄舟的三首。

李白《苏台览古》诗：“只今惟有西江月，曾照吴王宫里人。”《西江月》调名或本此。

此调上下片各四句，除第三句七字外，都是六字句。每片二、三两句用平声韵，两结则用与平韵同部的仄声韵。词中小令，平仄通叶的很少，此调这点要注意。仄声字音重，又放在两片的末了，最好用沉重的语气来振动全首。唐五代人填此调的多作儿女情词，声调婉弱，很少用重语，因此不能发挥这两个仄声韵的作用；如柳永的两结作“春睡厌厌难觉”、“又是韶光过了”等等便是。至苏轼作“今日凄凉南浦”、“俯仰人间今古”，比较沉重。运用此调声情最好的，是辛弃疾“醉里且贪欢笑”一首。它的上结：“近来始觉古人书，信著全无是处。”十四字分量很重，可以镇纸。下片结语：“只疑松动要来扶，以手推松曰去！”写大醉的神态，实是表达身世牢骚之感。并且用散文句法，更觉有拗劲。

例二：《菩萨蛮·书江西造口壁》（辛弃疾）

郁孤台下清江水（仄韵），中间多少行人泪（叶仄）。
┴—┬|——|　　┬—┬|——|

西北望长安（平韵），可怜无数山（叶平）。青山遮
┬ | | — —　　　　　┴ — — | —　　　　　　┬ — —

不住（换仄韵），毕竟东流去（叶仄）。江晚正愁余（换
| |　　　　　　┴ | — — |　　　　　┬ | | — —

平韵），山深闻鹧鸪（叶平）。
　　　　┬ — — | —

此双调四十四字，唐教坊曲名。苏鹗《杜阳杂编》说，大中初，女蛮国入贡。其国人危髻金冠，璎珞被体，故谓之“菩萨蛮”。当时倡优遂制《菩萨蛮》曲，文士亦往往声其词。《宋史·乐志》说是“女弟子舞队名”。（近人杨宪益说《菩萨蛮》三字乃《骠苴蛮》或《符诏蛮》之异译，其调乃古缅甸乐，确否待考。）

此调上下片各四句，由两个七言句、六个五言句组成。每两句一换韵：首二句用仄韵，三、四句换用平韵。

此调全以五、七言句组成，近于唐代的近体诗。句调匀整、声情谐婉。但它在一首里四次换韵，在小令中算是用韵最密也是换韵最多的一个调。换韵有时是暗示转意的，这个调子两句一换韵，忌一意直下。

温庭筠填此调十四首，最著名的一首是：

小山重叠金明灭，鬓云欲度香腮雪。懒起画蛾眉，弄

妆梳洗迟。　　照花前后镜，花面交相映。新贴绣罗襦，双双金鹧鸪。

全词是写一个贵族妇女梳妆时的心情。八句分四层。上片四句写梳妆以前：两句写形态，两句写情态。“懒”字、“迟”字，暗伏全诗结句的意思。下片写妆成以后：两句写明靓的妆面，两句由衣着而带出其人孤独的心情，有《诗经》“谁适为容”的感慨。全词结构严密，语意深婉有层次。他另一首的上片：

水精帘里玻璃枕，暖香惹梦鸳鸯锦。江上柳如烟，雁飞残月天。

也是四句两意，用暗转的笔法，写出两种截然不同的境界。这是写离情的词，前二句描绘留者环境的舒适，下二句写行者客路的凄凉。用对比法烘托离情。

温庭筠填此调，皆严守平仄字声，尤其是末了两结句，如“弄妆梳洗迟”、“驿桥春雨时”、“此情谁得知”、“杏花零落香”等，都作“仄平平仄平”拗句。他的十四首中只“双双金鹧鸪”、“无聊独倚门”两句是例外。词原是配合音乐的文学，注意字声的配搭，会更有助于音节的铿锵，上下片的结句尤为音节关键。在不妨碍内容表达的时候，也应该照顾这方面。

五代北宋人填此调的，多写闺房儿女之情，这和当时的词风和作者的生活、思想均有关系。像辛弃疾“郁孤台下清江水”这样的作品，以“菩萨蛮”来写忧生念乱的大感慨，那是不多见的。但是我们看这调子，虽然用韵甚密且多转换，毕竟全首用五、七言整齐字句，所以它的声情还是偏于和平的。像辛弃疾“郁孤台下清江水”这一首，也还是近于沉郁而不是纵横奔放的。

词的转韵

一首词里用平仄韵同押的，其作法和古诗不尽相同。古词转韵无定格，词则某句应平、某句应仄，不能随意改变，所以词韵转换处较难安排。现在举习见的两首小令《减字木兰花》、《菩萨蛮》做例子，谈谈作词的转韵法。

《减字木兰花》上下片各四句，句句押韵，每二句转一韵，八句共押四部韵（两部仄韵，两部平韵）。平仄字读来声调不同，所以平仄韵变改处，文意也应跟着有所不同。前人填《减字木兰花》，平仄韵转换处，大都意随韵转，如黄庭坚《次韵赵文仪》一首的上片：

诗翁才刃（仄韵），曾陷文场貔虎阵（叶仄）。谁敢当哉（转平韵）？况是焚舟决胜来（叶平）！

第三句用问句，第四句用“况是”，都是表示文义进了一层。又如苏轼作《二月十五日夜与赵德麟小酌聚星堂》的下片：

轻烟薄雾，总是少年行乐处。不似秋光，只与离人照断肠。

《已卯儋耳春词》下片云：

春幡春胜，一阵春风吹酒醒。不似天涯，卷起杨花似雪花。

第三句都用“不似”明点意转。他也有用“却”字来表达的，如：

晓来风细，不会鹊声来报喜。却羡寒梅，先觉春风一夜来。

辛弃疾作此调，并且有上下片都用“却”字的，如《宿僧房有作》：

僧窗夜雨，茶鼎熏炉宜小住。却恨春风，勾引诗来恼杀翁。　　狂歌未可，且把一尊料理我。我到亡何，却听农家陌上歌。

这种用虚字“况”、“却”、“不似”明点韵转的，前人词中并不很多；最多是暗中转意的，如苏轼《送东武令赵昶失官归海州》：

贤哉令尹，三仕已之无喜愠！我独何人？犹把虚名玷搢绅。　　不如归去，二顷良田无觅处！归去来兮，待有良田是几时！

全首两句一转，四韵四转，不必虚字明点，更觉流转自然。

前人填《菩萨蛮》词，也多用此法，如苏轼《七夕》下片云：

相逢虽草草，长共天难老。终不羡人间，人间日似年！

末二句写牛女情事，可与秦观《鹊桥仙》的“金风玉露”之句并称；两句一转意，尤为轻便灵活。《菩萨蛮》这个调子，温庭筠各首最早最有名，他的第二首的上片，转意最奇特：

水精帘里玻璃枕，暖香惹梦鸳鸯锦。江上柳如烟，雁飞残月天。

这是写恋情的词，上片四句平列两种环境：前两句闺房陈饰，是写十分温暖舒适的生活。后两句是写客途光景，极其荒凉寂寞。中间转换处不着一字，而依恋不舍之情自见。柳永的《雨霖铃》“今宵酒醒何处？杨柳岸晓风残月”，也许即从此脱化。

温庭筠此词调，又有全首不转、至末了才大转的。如：

小山重叠金明灭，鬓云欲度香腮雪。懒起画蛾眉，弄妆梳洗迟。　　照花前后镜，花面交相映。新贴绣罗襦，双双金鹧鸪。

这首词写一个女子孤独的哀愁。全词用美丽的字句，写她的晓妆：开首写额黄褪色，头发散乱，是未妆之前。三、四句是懒妆意绪。五、六句是妆成以后对影自怜的心情。最后七、八两句表面还是写装扮，她在试衣时忽然看见衣上的“双双金鹧鸪”，于是枨触自己的孤独的生活。全词寓意，于是最后豁出。“双双”二字是全首的词眼，七、八两句是全文的高峰。但表面还是平叙晓妆过程，好像不转，实是一个大转折。这手法比明转更高。

古乐府里也有用转韵暗示转意的，如《饮马长城窟》的末段：

客从远方来，遗我双鲤鱼。呼童烹鲤鱼，中有尺素书。长跪读素书，书中竟何如？上言加餐食，下言长相忆。

末了两句，也好像是承上文的平叙语，其实是突起高峰。全首数十句，叙两地相思，到末了写接来信，信里只有“长相忆”、“加餐食”的话，而没有一字提到归期。这使她十分失望。只在上文六句平韵之后突转“忆”“食”两个仄韵字，就是暗示读者这是全首情感的大转变，比明说更强烈。

还有一首是乐府诗《艳歌行》：

> 翩翩堂前燕，冬藏夏来见。兄弟两三人，流宕在他县。故衣谁当补？新衣谁当绽？赖得贤主人，览取为我组。夫婿从门来，斜柯西北眄。“语卿且勿眄，水清石自见。”石见何累累，远行不如归！

上文一路叙事，连用八句仄韵，最后改用“累”、“归”两平韵，才转出全篇本意，原是久客思归之感。读到这里才知道上文的小故事可能是为这个结句的意思而虚构的。

诗歌以韵转表意转的，这两首乐府可说是代表作。温庭筠这首《菩萨蛮》，文学体制和乐府不同，不能说是有意仿效的。但就词的转韵说，却有异曲同工之妙。

词的分片

词的体制和诗有很不相同的一点，就是它的分片。

绝大部分的词调都是一首分为几段。最普通的是分二段，也有分三段四段的。不分段的单片词像《竹枝词》、《十六字令》、《闲中好》、《纥那曲》等，在全部词调里只占很小的一部分。这是词体的特点。在诗里，律诗、绝句都不分段；长篇古诗虽然字句多，叶韵往往变换，前后文意也常有许多变化，但总是自成一首。所以词的作法和读法是和诗不同的。

词为什么要分段？这只要看它分段的种种名称就可知道。词的一段叫一“片”，一片就是一遍，就是说，音乐奏过了一遍。乐奏一遍又叫一“阕”（乐终叫阕。从门。《说文解字》：“事已闭门也。”），所以片又叫阕。上片、下片又叫上阕、下阕。这和《诗经》的分“章”，古乐府的分“解”，都是音乐上的关系。（“片”又叫“叠”，叫“撷”但比较少用。）现代的歌曲也有叠两次或多次而合为一曲的，词的分片也和这情形一样。

词虽分数片，但仍是一首。它的上、下片的关系是同首，却又好像不是同首。以作法说，上片的末句要似合而又似起，下片的起句要似承而又似转。宋张炎《词源》“制曲”条说：“过片不可断了曲意，须要承上接下。”过片就是指下片的开头。宋沈义父《乐府指迷》也说：“过处多是自叙。若才高者方能发起别意，然不可太野，走了原意。”看姜夔的《齐天乐·蟋蟀》词：

> 庾郎先自吟愁赋，凄凄更闻私语。露湿铜铺，苔侵石井，都是曾听伊处。哀音似诉。正思妇无眠，起寻机杼。曲曲屏山，夜凉独自甚情绪！　西窗又吹暗雨，为谁频断续，相和砧杵？候馆迎秋，离宫吊月，别有伤心无数。豳诗漫与。笑篱落呼灯，世间儿女。写入琴丝，一声声更苦。

这是姜夔的名作。张炎举这首词作为过片的典范，说它过片“西窗又吹暗雨”一句能“承上接下”，“曲之意脉不断矣”。我们看它上下片用六种声音——吟声、私语声、机杼声、雨声、砧杵声、琴曲声来作蟋蟀声的衬托。在这些声音里写出诗人的秋思。但上下片的作法不同：上片是人物交绾，用人的吟诗、私语、纺织来比蟋蟀声；下片是哀乐相形，候馆、离宫是伤心之地，篱间寻蟋蟀则是儿女乐趣。两片所写都是实际的人事，而中间用“西窗又吹暗雨”一句空灵之笔作为过渡，把它联系起来；着一“又吹”的“又”字，和“为谁频断续”一问句，更摇曳生姿，又不“走了原意”，确是高手名作。作者未必这样有意经营，是高手笔下的自然而然的产物。

宋词中过片名作，可以和这首比美的，还有以下各例：

苏轼《水龙吟》咏杨花的过片：“不恨此花飞尽，恨西园落红难缀。”

姜夔的《一萼红·登定王台》的过片：“南去北来何事？荡湘云楚水，目极伤心。”

吴文英《高阳台·丰乐楼分韵》的过片：“伤春不在高楼上，在灯前欹枕，雨外熏炉。”《三姝媚·过都城旧居》的过片：“春梦人间须断；但怪得当时，梦缘能短。”

这些过片作法，也都要结合它的上下文来体会。

词过片的作法也有些比较特殊的，现在把它分作几类，举例如下：

1. 下片另咏它事它物的。如辛弃疾《感皇恩·读庄子，闻朱晦庵即世》：

案上数编书，非庄即老。会说忘言始知道。万言千句，不自能忘堪笑。今朝梅雨霁，青天好。　一壑一丘，轻衫短帽，白发多时故人少。子云何在？应有玄经遗草。江河流日夜，何时了？

上片“读庄子”，下片“闻朱晦庵即世”，题与词皆分作两橛，似不相关。

2. 上片结句引起下片的。如冯延巳《长命女》：

春日宴，绿酒一杯歌一遍，再拜陈三愿：　一愿郎君千岁；二愿妾身长健；三愿如同梁上燕，岁岁长相见！

苏轼《卜算子·黄州定慧院寓居作》：

缺月挂疏桐，漏断人初静。谁见幽人独往来？缥缈孤鸿影。　惊起却回头，有恨无人省。拣尽寒枝不肯栖，寂寞沙洲冷。

此词上片结句逗“孤鸿”，下片专写鸿。

苏轼《念奴娇·赤壁怀古》上片结句：“江山如画，一时多少豪杰。”引起下片“遥想公瑾当年……”一段。

《钦定词谱》引《古今词话》无名氏《御街行·咏雁》：上片结句“雁儿略住，听我些儿事”。下片接写：“塔儿南畔城儿里，第三个桥儿外，濒河西岸小红桥，门外梧桐雕砌。请教且与，低声飞过，那里有人人无寐。”

下片叮咛吩咐的话，即紧接上片结句，作法更明显。

3. 下片申说上片的。如辛弃疾《玉楼春·乐令谓卫玠：人未尝梦捣齑餐铁杵，乘车入鼠穴。以谓世无是事故也。余谓世无是事，而有是理；乐所谓无，犹云有也。戏作数语以明之》：

> 有无一理谁差别，乐令区区犹未达。事言无处未尝无，试把所无凭理说：　伯夷饥采西山蕨，何异捣齑餐杵铁；仲尼去卫又之陈，此是乘车穿鼠穴。

下片伯夷、仲尼二事，就是申说上片“事言无处未尝无”的道理。

程垓《宴清都》上片："凭画阑，那更春好花好酒好人好。"下片说："春好尚恐阑珊；花好又怕飘零难保；直饶酒好，酒好未抵意中人好。相逢尽拼醉倒，况人与才情未老。又岂关春去春来，花愁花恼。"

下片申说春好、花好、酒好不及人好。这和前一类上片结句引起下片的作法相近，但不完全相同。

4. 上下片文义并列的。如朱淑真《生查子·元夕》：

> 去年元夜时，花市灯如昼；月上柳梢头，人约黄昏后。　　今年元夜时，花市灯如旧；不见去年人，泪湿青衫袖。

"去年"、"今年"，两片并列。

又如吕本中《采桑子》：

> 恨君不似江楼月，南北东西；南北东西，只有相随无别离。　　恨君却似江楼月，暂满还亏；暂满还亏，待得团圆是几时？

作法与朱淑真词相同。

5. 上片问、下片答的。如刘敏中《沁园春·号太初石为苍然》：

石汝来前！号汝苍然，名之太初。问太初而上，还能记否？苍然于此，为复何如？偃蹇难亲，昂藏不语，无乃于予太简乎？须臾便、唤一庭风雨，万窍号呼。　依稀似道：狂夫！在一气何分我与渠？但君才见我，奇形怪状；我先知子，冷淡清虚。撑住黄垆，庄严绣水，攘斥红尘力有余。今何夕，倚长风三叫，对此魁梧。

上片问石，下片石答。

李孝光《满江红》上片："舟人道：官侬缘底，驰驱奔走？"下片起句："官有语：侬听取。"也和上例刘敏中词作法相同。

6. 打破分片定格的。这是把上、下片的界限完全混淆了。如辛弃疾《贺新郎·别茂嘉十二弟》：

绿树听鹈鴂。更那堪、鹧鸪声住，杜鹃声切。啼到春归无寻处，苦恨芳菲都歇。算未抵人间离别。马上琵琶关塞黑。更长门、翠辇辞金阙。看燕燕，送归妾。　将军百战身名裂，向河梁回头万里，故人长绝。易水潇潇西风冷，满座衣冠似雪，正壮士悲歌未彻。啼鸟还知如许恨，料不啼清泪长啼血。谁共我，醉明月？

“马上琵琶”至“悲歌未彻”十句，平列四件离别故事，过片不变，完全打破过片成法。他的《永遇乐·京口北固亭怀古》，从开头“千古江山”至下片“赢得仓皇北顾”十四句，迭叙孙权及刘裕、刘义隆故事，过片处也文义不变。

辛弃疾的友人刘过有《沁园春·寄辛承旨（弃疾），时承旨召不赴》词：

斗酒彘肩，风雨渡江，岂不快哉！被香山居士，约林和靖，与坡仙老，驾勒吾回。坡谓“西湖正如西子，浓抹淡妆临镜台”。二公者，皆掉头不顾，只管传杯。　白云“天竺去来！图画里峥嵘楼阁开。爱纵横二涧，东西水绕；两峰南北，高下云堆。”逋曰“不然，暗香浮动，不若孤山先访梅。须晴去，访稼轩未晚，且此徘徊。”

上、下片铺叙三人言语，过片处亦文义不变，作法与上引两首辛弃疾词相同。

打破分片定格最奇变的例子是辛弃疾的《破阵子·为陈同甫赋壮词以寄》词（见前引）。从“醉里挑灯看剑”到“赢得生前身后名”九句，写军中生活心情，写雄壮的军容，写投入战斗，写对功业的热望。九句虽分属上下两片，文义却是一整段，应题目所谓“壮词”。“沙场秋点兵”处以下文义应断不断，已是越出规律。更奇的是，依题目说，前九句是“壮词”的正面文字；但是依作者的身世情感说，却全是虚构的文字；他的正面文字只有末了“可怜白发生”一句，这一句说出他自己年华虚度、壮志落空的沉痛心情。文情到末了，变雄壮为悲壮，这末了一句否定了上面九句五十七字。若以文义分片，前九句应作一片，末五字一句应独为一片。宋词分片格式，以这首为最突出的了。这是由于作者有强烈的身世之感，所以能冲决词的形式，我们不应以寻常格律来衡量它。

以上六种例子虽然不多见，但是我们若要研究词的分片，拿它同唐诗、元曲的结构做比较，那么，这些不多见的例子也是不可忽视的。

宋词用典举例

古典文学作品善于运用典故的，对作者当时说，也算是“古为今用”。

多用典故，是我国古典文学作品里一个突出的现象。它对作品有利有弊。有些作者用典故来炫博矜奇，用典故来粉饰空无内容的作品，它的流弊就很大。有的运用人人熟知易解的典故，用得很恰当，能以少数文字表达比较丰富的意思，能给人以具体、鲜明的印象，有的并且能起“古为今用”的作用。这种是完全应该肯定的。

一般人鉴于滥用典故的流弊，总以多用典故为诫，这有时也是因噎废食之论。我们应该分别对待这问题，不可粗率地否定一切用典故的作品。这里面有两种粗率的看法。一类认为多用典故的作品就不是好作品，不是上乘作品；这是忽略了有些典故的本身是有其思想性的。一类则拿所用的典故的思想性来连坐这篇作品的思想性；这是混淆作品的题材和主题的区别。这里举两首宋词作例子来讨论这个问题。

一首是辛弃疾的《永遇乐·京口北固亭怀古》：

> 千古江山，英雄无觅、孙仲谋处。舞榭歌台，风流总被、雨打风吹去。斜阳草树，寻常巷陌，人道寄奴曾住。想当年、金戈铁马，气吞万里如虎。　元嘉草草，封狼居胥，赢得仓皇北顾。四十三年，望中犹记、烽火扬州路。可堪回首，佛狸祠下，一片神鸦社鼓！凭谁问，廉颇老矣，尚能饭否？

这首词一共用了孙权、刘裕、宋文帝、北魏太武帝（佛狸）、廉颇五件典故，全首词不用典故的只有“四十三年，望中犹记、烽火扬州路”三句。辛弃疾词以多用典故出名，这首在整部辛词里算是最突出的一首了。但是他用这些典故和一般文人的用典故不同，因为这首词里的五件典故，它本身的思想性和作者这首作品的思想性是紧紧地联系的，并且这些典故都是京口（今镇江）这个地方的历史掌故，是这个“京口北固亭怀古”题目里应有的文章。这首词是辛弃疾六十五岁被韩侂胄起用为镇江知府时作的。上片怀念孙权、刘裕。孙权曾经北抗曹操，刘裕也曾北伐，先灭山东的南燕，后灭陕西的后秦。辛弃疾在孝宗乾道己酉进《美芹十论》，也主张先取山东，曾说：“不得山东，则河北不可取；不得河北，则中原不可复。”下片用王玄谟劝宋文帝北伐事，意思是惋惜文帝不曾做好准备，冒险北伐，以致大败，让佛狸深入南方。这原是为韩侂胄而发的，当时侂胄要以伐金自立大功，不肯听辛弃疾先做充分准备的劝告，后来果然一败涂地，不出辛弃疾之所料。中段回忆自己少年时从北方起义南来时事。结句以廉颇自比，表达为国效劳的忠心。这时辛弃疾虽任边防重职，但韩侂胄并不尊重他的意见，次年他便被劾落职了。

这首词用这些典故，一方面原是这个“怀古”题目里应有的历史事实，一方面又是借用历史事实表达自己的思想，并且拿它来对统治集团做规劝和斗争，这也是用历史的经验为当前的政治服务。若论这些典故在这首词里所起的政治性、思想性的作用，可以说是全宋词里用典故的作品的最突出的一首，尽管它用得这么多，但对作品的内容说，完全是有利无弊的，完全是应该肯定的。绝不应拿它和一般文士用典故来装饰的作品相提并论。当时岳珂著《桯史》，却讥这首词“微觉用事多耳”。这还是一般文士的见解，未能深识这首词用典故的特色。

其次，谈谈姜夔过扬州作的《扬州慢》：

淮左名都，竹西佳处，解鞍少驻初程。过春风十里，尽荠麦青青。自胡马窥江去后，废池乔木，犹厌言兵。渐黄昏，清角吹寒，都在空城。　　杜郎俊赏，算而今、重到须惊。纵豆蔻词工，青楼梦好，难赋深情。二十四桥仍在，波心荡、冷月无声。念桥边红药，年年知为谁生！

姜夔二十余岁作这首词，是他集子里的名作。有人说它“纵豆蔻词工，青楼梦好”几句是冶游狎妓的口气，因而判定它是一首思想性很差的作品。我以为不尽然。“青楼梦好”几句，用杜牧扬州诗。杜牧这诗原是“唐人好狎”风气下的产物。一般地说，作品里所用的典故，原和作品本身的思想内容有其一致性。但也不能一概而论，有些作品不能因为它所用典故的思想性而连坐这首作品本身的思想性。这种情形在古典文学里相当多，随便举个例子：杜甫诗：“远愧梁江总，还家尚黑头。”江总是一个没有品格的文人，我们可以因此就贬低杜甫这首作品的思想性吗？辛弃疾《鹧鸪天》：“书咄咄，且休休。”“咄咄书空”用殷浩故事，亦复如此。

姜夔在南渡兵火之后，写这首凭吊扬州的词。凭吊扬州首先令人想到的是它在唐代的繁华；繁华是这个地方的历史特征。杜牧这些诗对这方面说，是有其代表性的，所以历代文人借它作典故用。后来刘克庄作过扬州的《沁园春》："更无人报，书记平安"，亦用杜牧事。经扬州而回忆它的繁华，也犹之经长安、洛阳而回忆它是古代帝都一样。姜夔用"青楼梦好"几句，也正好为"清角吹寒，都在空城"、"废池乔木，犹厌言兵"写荒凉景象的句子做反衬，不能因此就说它的思想性差。孔尚任《桃花扇》的《余韵》一出，回忆金陵亡国前的情况，有"眼看他起朱楼，眼看他宴宾客，眼看他楼塌了。这青苔碧瓦堆，俺曾睡风流觉"。这里也有冶游狎妓的句子，我们不能因此就贬低它含有国家民族兴亡大感慨的思想性。

姜夔这首词的主题思想，他已经在小序里用"黍离之悲"一句话点明。那是怀念故国、憎恨敌人残暴的感情。我们读这首词首先被激动的，是"自胡马窥江去后，废池乔木，犹厌言兵"，是"渐黄昏，清角吹寒，都在空城"几句，这是表达主题的文字。它用杜牧"青楼梦好"几句，只是这个主题反衬的材料。同样的材料可以为不同的主题服务。我们不能因为它所用的材料的思想内容是该批判的，便连坐整首作品。因为估定一首作品的思想性，主要的是它的主题思想而不是它的材料。

固然，这首词有它的局限性，张孝祥写的《六州歌头》，在当时有鼓舞人心的作用。而姜夔这首词的感情毕竟与孝祥的《六州歌头》不同。这由于他们的政治地位和生活感情不同。姜夔在南宋，只是一个落拓江湖的高人雅士，不是属于社会反抗势力一面的人物，这首词有其局限，我们原不应过高估计它的思想性。但是若由于它用杜牧的典故，就认为它是思想性很差，我却不同意。从前也有人拿杜甫《哀江头》诗的"细柳新蒲为谁绿"来比姜夔的"念桥边红药，年年知为谁生"几句，并说《扬州慢》是爱国感情很浓厚的作品，我也不同意，这都是不合分寸的说法。

以上是我对有些人粗率地批判古典文学用典故的一点看法。辛弃疾有些词原有好"掉书袋"的弊病，姜夔也有许多情感不健康的作品，但对上举的他们的两首词，却要仔细研究，做出恰如其分的评价。

把运用典故这一古典文学创作方法提高到理论上来接受，当然还要深入研究讨论，本文只做些粗浅的举例说明而已。

说小令的结句

词里的小令，因为体制短小，造句特别要凝练。结句更要语尽意不尽。一首小令的结句好，会映带全首有光彩；结句不好，前文的好句也会为之减色。所以结句往往是关键所在。这情形正和绝句诗相似。这里举几首《浣溪沙》做例子。

《浣溪沙》全首只有六句，四十二个字，上下片各三句，它的每片末句，颇不易填，不可“掉以轻心”。先谈谈北宋晏殊的一首：

一曲新词酒一杯，去年天气旧亭台，夕阳西下几时回。　　无可奈何花落去，似曾相识燕归来。小园香径独徘徊。

这是怀旧之作。上片由眼前景物引起对往事的怀念：现

在唱词喝酒，天气、亭台和从前一样，但是从前的一切，已如“夕阳西下”，成为不回的过去了。下片拈出两件小事情“花落”和“燕归”。“无可奈何”和“似曾相识”都是成语，把它联系在“花落去”、“燕归来”的上面，由熟得生，转旧成新，便成为名句。花落是无从挽救的，所以说“无可奈何”。燕子是年年重归旧窠的，所以说“似曾相识”。这首怀旧词主要是感伤过去的往事，但是这里不单单写“去”，却接着写“来”，以“来”烘托“去”，便比单单写“去”更浓挚。以“花落”比人去，是寻常语；以“燕来”反衬人去，便是加倍写。燕子是双双回来的，也更足勾引起人去后的孤零之感。还有，在这首词里，写“去”是本意，是主；写“来”是余文，是宾。一般写论文，主意当然重于余文；在文学作品里，有时余文却比主意写得出色。如柳永《雨霖铃》中“多情自古伤离别，更那堪冷落清秋节”这句是主意。接着“今宵酒醒何处，杨柳岸晓风残月”，是点染主意的余文。这余文却是胜于主意的名句。一般写论文，主意写在后面，总结全文，起画龙点睛的作用。但是文学作品里，余文的地位有时重于主意，要放在主意之后。这首词把“燕归来”句安排在“花落去”之后，正和柳永《雨霖铃》的作法相同。这样安排会更增强全词的唱叹声情。

在这“花落”、“燕来”一联传诵名句之后，读者要求有一更出色的好句，来结束全篇。可是很失望，晏殊只写出“小园香径独徘徊”这样的七个字。前面“花落”、“燕归”一联是强句，对比之下，“小园香径独徘徊”一句显得较弱。这无疑是这位名词家的懈笔。

晏殊对“无可奈何”这两句，很自欣赏，他曾经又把它写入另一首律诗里（诗题是《示张寺丞王校勘》；王校勘即王琪，宋人笔记说下句是王琪代对的，不可信）。前人说以这两句的格调论，只宜于入词而不宜于入诗。这个看法是否正确，姑且不论。我们从表达效果和作品章法说，把这两句放进律诗，可成为全首诗的中坚。写入这首《浣溪沙》，却嫌全首不匀称。其实是结句太弱连累了它。

下面举一首《浣溪沙》写得成功的例子，是五代张曙《悼亡》词：

枕障熏炉隔绣帏，二年终日苦相思；杏花明月始应知！　天上人间何处去？旧欢新梦觉来时；黄昏微雨画帘垂。

这词的内容、情感和前首近似。开首写闺房陈设，用一“隔”字，便暗点别离。第三句说只有杏花和明月始知道我生离死别的苦痛，因为它是我俩当时相爱的见证，是写这苦痛无人共喻的感叹。下片“何处去”指死者，“觉来时”指生者。他只有在梦寐里才得重温旧日的欢爱。“黄昏微雨画帘垂”，是梦醒之后寂寞怅惘的光景。

这词所以动人，由于它的形象性强，“黄昏微雨画帘垂”七个字景语，是集中传神之笔。它通过具体的景物，烘托不易表达的抽象感情，使这种感情形象化地出现于读者想象之中，好像是在耳目之前。

元稹闻白居易贬江州司马，寄白绝句：“残灯无焰影幢幢，此夕闻君谪九江。垂死病中惊坐起，暗风吹雨入寒窗。”白居易说，末了一句，他人尚且不忍闻，何况是我！本来第三句是全诗顶恳切沉痛的话，何以第四句读来更动人？这也由于它的形象性强。有了这句，才烘托出第三句的恳切沉痛。

元稹这句“暗风吹雨”和张曙的“黄昏微雨”，可以说是唐人诗词中结句的双璧。

有些小令词的体制，很近似于诗中的绝句，如《生查子》、《菩萨蛮》等是。但是绝句四句，《生查子》、《菩萨蛮》等也多是偶数句子结构。而《浣溪沙》上、下片都只三句，是奇数。第三句结句并且是拖一个独立无偶的尾巴，它的地位和作用却等于绝句的第三、四两句。这一句还要起两句的作用，一般绝句的作法，第三句要转，第四句是收。《浣溪沙》末句七字要抵得绝句的第三、第四两句，那么，这七个字要能做到即转即收，才算称职。我最爱晏殊“一向年光有限身”一首的下片：

> 满目山河空念远，落花风雨更伤春——不如怜取眼前人！

全首虽然是酒边花间咏妓之作（“眼前人”是指妓女），但是这几句的感慨，好像不限于本题。以章法论，能做到即转即收的，这首可说最为合格。另外，有陈廷焯《白雨斋词话》里提到的清人赠妓的此调的上片：

一世杨花二世萍，无疑三世是卿卿——不然何事也飘零！

陈廷焯不爱这首词，我以为以内容说，它同情妓女的飘泊生活，不同于一般玩弄之作；语言也清新流利；结句用散文“不然”一词入词，比之辛弃疾“种梅菊”一首上片所说：

百世孤芳肯自媒？直须诗句与推排——不然唤近酒边来。

也复难分高下。全首是可以肯定的。

就形式方面说，张曙这首悼亡词的成功，固然是由于末句景语有很强的形象性。但这个词调末句的作法，绝不限于用形象烘托法的景语。应该从全首的内容和格调来考虑它的表达方式，宋人如晏几道作这个调的下片：

衣化客尘今古道，柳含春意短长亭——凤楼争见路旁情！

又如：

静选绿阴莺有意，漫随游骑絮多才——去年今日忆同来！

如贺铸的下片：

欹枕有时成雨梦，隔帘无处说春心——一从灯夜到如今！

这三首的末句都是用推挽法的：第一首是推开说（作客旅途的辛苦，家居的女人哪能知道），二、三两首都用倒挽法（从现在的所见所感回忆从前）。又如辛弃疾的下片：

引入沧浪鱼得计，展开寥阔鹤能言——几时高处见层轩？

题目是《席上赵景山提干赋溪台和韵》。从眼前的境界再翻腾一层。是推开，又是用问语振起，写得很好，这类例子可惜不太多。前人写这调子的结句，有不少是用问语的，如欧阳炯的下片：

独倚画屏愁不语，斜敧瑶枕髻鬟偏——此时心在阿谁边？

欧阳修的下片：

白发戴花君莫笑，六么催拍盏频传——人生何处是尊前？

李清照的下片：

玉鸭熏炉闲瑞脑，朱樱斗帐掩流苏——通犀还解辟寒无？

这样以问句作结，更能表达含蓄不尽之情，比作直叙语好。

以上是我所想到的《浣溪沙》结句的几种作法。当然前人写这个调的好作品，绝不限于这些作法。他们也有在一片里三句并列，表面上不推挽、不转便结束的，如辛弃疾的两首，其一是《常山道中即事》的下片：

忽有微凉何处雨？更无留影霎时云；卖瓜人过竹边村。

词写乡村夏景。上两句说远处的雨，这里只觉得微微凉气，天空偶有些薄云，忽然没有踪影了，这是写暍热天气，末句七字写行路人求凉的心情，瓜、竹是止渴歇阴之物，望见便生凉意。用眼前事物，淡淡七字，烘托心情。全片三句都是景语，表面齐头并列，第三句却确是好结束。它和陆游一首写暑雨的结句“忽有野僧来打门”，写出凉意，可说异曲同工。

另一首也是写乡村的，下片也是三句景物并列的：

啼鸟有时能劝客，小桃无赖已撩人，梨花也作白头新。

第一句用梅尧臣《禽言》诗，说“提葫芦”鸟的叫声好像劝人吃酒；第二句说桃花勾人春思；第三句连下说雪白的梨花，好像老人的白头发，“新”字形容白发鲜明，也用古语“白头如新”（说朋友交情），映带上片第一句的“父老”。全片写农家丰岁的欢乐心情，觉得眼前风物无不称心，末句并且带些谐谑风味。虽然三句并列，第三句也确是好收尾，不得和第二句互换地位；因为上片“父老争言雨水匀，眉头不似去年颦，殷勤谢却甑中尘”都是写父老的，这下片末句也是开这个父老的玩笑。三句里实是意有侧重。这种全片三句并列的作法，表面文字，不转不收，骨子里却是有转有收，即转即收。这比前举各例，好像更难着笔了。不过，一首作品的成败，主要原是由于它的内容，我这里只就形式方面说说它的利病而已。

关于小令《浣溪沙》的结句作法，已如上述。与它同体制的，还有《梦江南》。

《梦江南》全首五句，最要注意的也是末了一句。这里举皇甫松的两首做比较：

> 兰烬落，屏上暗红蕉。闲梦江南梅熟日，画船吹笛雨潇潇。人语驿边桥。

开头“兰烬”指灯花。灯残了，屏风上画的红蕉颜色也黯淡了，是说已是夜深时候。下三句写梦境：在梅雨时节听画船的笛声，十四字概括地写出江南水乡的光景，真像一幅画图。清代名画家费丹旭（晓楼）就把这两句画成一幅名画。但是不无缺憾的是：这十四字若作为一首七绝的后半首，是韵味无穷的好诗；但作为《梦江南》，后面着一句“人语驿边桥”，便嫌全首情景不集中，难免“蛇足”之讥。这个调子的结构同《浣溪沙》一样，最忌末了拖一个孤零零的尾巴。

皇甫松另一首却写得恰好：

楼上寝，残月下帘旌。梦见秣陵惆怅事，桃花柳絮满江城，双髻坐吹笙。

这词开头写夜景，后三句写梦境，和前首作法全同。其所以胜过前首的，是末句紧接上两句，构成一个美好意境。“双髻”以局部见全体，写出整个美人的形象。“桃花柳絮”和笙声似无必然的联系，不同前首的笛声和雨声密切相关，但它的意境是相通的。唐人郎士元有一首《听邻家吹笙》七绝说：

凤吹声如隔彩霞，不知墙外是谁家。
重门深锁无寻处，疑有碧桃无数花。

不见吹笙之人，而想象笙声出于无数碧桃之下，这是以碧桃之艳形容笙声之美，以色写声，是艺术意境之所谓“通感”。这词以“桃花柳絮满江城”作背景，写吹笙的人，也有同样艺术效果。并且它用一个旖旎风光的回忆场景，反点第三句的“惆怅”，手法意象更曲折幽美了。

《梦江南》又名《望江南》，皇甫松这两首是写“梦”，温庭筠有一首是写“望”，也是晚唐词里的名作：

梳洗罢，独倚望江楼。过尽千帆皆不是，斜晖脉脉水悠悠。肠断白蘋洲。

这是写一个女子盼望她的情人而终于失望的心情。她希望眼前过去的船只，必有一只是载她的情人归来的，然而望到黄昏，依然落空。于“过尽千帆”句之下，用“斜晖脉脉”七字作烘托，得情景相生之妙。“过尽千帆”是写眼前事物，也兼写情感，含有古乐府“天下人无限，慊慊独为汝”的意思，清代谭献词：“红杏枝头侬与汝，千花百草从渠许。”也同此意。

“斜晖脉脉水悠悠”不仅仅是景语，也用它来点时间，联系开头的“梳洗罢”句，说明她从早到晚，已是整整望了一天了。也兼用它来表情（王国维《人间词话》说“一切景语皆情语”），“斜晖脉脉”可以比喻她对情人的脉脉含情，依依不舍。“水悠悠”是指无情的他，像悠悠江水，一去不返。“悠悠”在这里是形容无情，如“悠悠行路心”，是说像过路的人对我全不关心。这样两面对比，才逼出下文“肠断白蘋洲”的“肠断”来；若仅作泛泛景语看，“肠断”二字便没有来路；并且使全首结构松懈，显不出这末句“点睛”的作用。我以为，就这一词看，应如此体会，就温庭筠这一作家的全部作品风格看，也应如此体会（温词手法都很精深细密，与韦庄清疏之作不同）。

这词字字精炼，陪衬的字句都有用意；如开头的“梳洗罢”，也不是虚设之辞，含有“女为悦己者容”的意思。古时人采蘋花寄相思，末句的“白蘋洲”，也关合全首情意。这好像电影中每一场景每一道具，都起特定的作用，末了五字必不是泛泛填凑。但是若不体会上句“斜晖脉脉水悠悠”七字情景交融之妙，则末句也会成为孤零零的尾巴，这样就辜负作者的匠心了。

前人对这个调的末句，大概有承上、总结、转折、申明等几种作法。“双髻坐吹笙”是承上，“肠断白蘋洲”是总结，至于作转折的，如杨慎“咏雪”：

晴雪好，万瓦玉鳞浮。照夜不随青女去，羞明应为素娥留——只欠剡溪舟。

末句忽作怅望不满之辞，却有不尽之意。他另有一首“咏月”，也同此作法：

明月好，流影浸楼台。金界三千随望远，雕阑十二逐人来——只是欠传杯。

末句申明本意的，我最爱王世贞一首：

歌起处，斜日半江红。柔绿篙添梅子雨，淡黄衫耐藕丝风。家在五湖东。

“柔绿”十四字是美句，末着“家在五湖东”五字，意韵更足；是申明也是补足，在这个调子里，似乎更胜于李煜的“花月正春风”。

国家新闻出版广电总局

首届向全国推荐中华优秀传统文化普及图书

‖大家小书书目

国学救亡讲演录	章太炎 著 蒙 木 编
门外文谈	鲁 迅 著
经典常谈	朱自清 著
语言与文化	罗常培 著
习坎庸言校正	罗 庸 著 杜志勇 校注
鸭池十讲（增订本）	罗 庸 著 杜志勇 编订
古代汉语常识	王 力 著
国学概论新编	谭正璧 编著
文言尺牍入门	谭正璧 著
日用交谊尺牍	谭正璧 著
敦煌学概论	姜亮夫 著
训诂简论	陆宗达 著
金石丛话	施蛰存 著
常识	周有光 著 叶 芳 编
文言津逮	张中行 著
经学常谈	屈守元 著
国学讲演录	程应镠 著
英语学习	李赋宁 著
中国字典史略	刘叶秋 著
语文修养	刘叶秋 著
笔祸史谈丛	黄 裳 著
古典目录学浅说	来新夏 著
闲谈写对联	白化文 著
汉字知识	郭锡良 著
怎样使用标点符号（增订本）	苏培成 著
汉字构型学讲座	王 宁 著

诗境浅说	俞陛云　著
唐五代词境浅说	俞陛云　著
北宋词境浅说	俞陛云　著
南宋词境浅说	俞陛云　著
人间词话新注	王国维　著　滕咸惠　校注
苏辛词说	顾　随　著　陈　均　校
诗论	朱光潜　著
唐五代两宋词史稿	郑振铎　著
唐诗杂论	闻一多　著
诗词格律概要	王　力　著
唐宋词欣赏	夏承焘　著
槐屋古诗说	俞平伯　著
词学十讲	龙榆生　著
词曲概论	龙榆生　著
唐宋词格律	龙榆生　著
楚辞讲录	姜亮夫　著
读词偶记	詹安泰　著
中国古典诗歌讲稿	浦江清　著 浦汉明　彭书麟　整理
唐人绝句启蒙	李霁野　著
唐宋词启蒙	李霁野　著
唐诗研究	胡云翼　著
风诗心赏	萧涤非　著　萧光乾　萧海川　编
人民诗人杜甫	萧涤非　著　萧光乾　萧海川　编
唐宋词概说	吴世昌　著
宋词赏析	沈祖棻　著
唐人七绝诗浅释	沈祖棻　著
道教徒的诗人李白及其痛苦	李长之　著
英美现代诗谈	王佐良　著　董伯韬　编
闲坐说诗经	金性尧　著
陶渊明批评	萧望卿　著

古典诗文述略	吴小如　著
诗的魅力 ——郑敏谈外国诗歌	郑　敏　著
新诗与传统	郑　敏　著
一诗一世界	邵燕祥　著
舒芜说诗	舒　芜　著
名篇词例选说	叶嘉莹　著
汉魏六朝诗简说	王运熙　著　董伯韬　编
唐诗纵横谈	周勋初　著
楚辞讲座	汤炳正　著 汤序波　汤文瑞　整理
好诗不厌百回读	袁行霈　著
山水有清音 ——古代山水田园诗鉴要	葛晓音　著
红楼梦考证	胡　适　著
《水浒传》考证	胡　适　著
《水浒传》与中国社会	萨孟武　著
《西游记》与中国古代政治	萨孟武　著
《红楼梦》与中国旧家庭	萨孟武　著
《金瓶梅》人物	孟　超　著　张光宇　绘
水泊梁山英雄谱	孟　超　著　张光宇　绘
水浒五论	聂绀弩　著
《三国演义》试论	董每戡　著
《红楼梦》的艺术生命	吴组缃　著　刘勇强　编
《红楼梦》探源	吴世昌　著
《西游记》漫话	林　庚　著
史诗《红楼梦》	何其芳　著 王叔晖　图　蒙　木　编
细说红楼	周绍良　著
红楼小讲	周汝昌　著　周伦玲　整理

曹雪芹的故事	周汝昌 著 周伦玲 整理
古典小说漫稿	吴小如 著
三生石上旧精魂 ——中国古代小说与宗教	白化文 著
《金瓶梅》十二讲	宁宗一 著
中国古典小说十五讲	宁宗一 著
古体小说论要	程毅中 著
近体小说论要	程毅中 著
《聊斋志异》面面观	马振方 著
《儒林外史》简说	何满子 著
我的杂学	周作人 著 张丽华 编
写作常谈	叶圣陶 著
中国骈文概论	瞿兑之 著
谈修养	朱光潜 著
给青年的十二封信	朱光潜 著
论雅俗共赏	朱自清 著
文学概论讲义	老 舍 著
中国文学史导论	罗 庸 著 杜志勇 辑校
给少男少女	李霁野 著
古典文学略述	王季思 著 王兆凯 编
古典戏曲略说	王季思 著 王兆凯 编
鲁迅批判	李长之 著
唐代进士行卷与文学	程千帆 著
说八股	启 功 张中行 金克木 著
译余偶拾	杨宪益 著
文学漫识	杨宪益 著
三国谈心录	金性尧 著
夜阑话韩柳	金性尧 著
漫谈西方文学	李赋宁 著
历代笔记概述	刘叶秋 著

周作人概观	舒 芜 著
古代文学入门	王运熙 著 董伯韬 编
有琴一张	资中筠 著
中国文化与世界文化	乐黛云 著
新文学小讲	严家炎 著
回归，还是出发	高尔泰 著
文学的阅读	洪子诚 著
中国文学1949—1989	洪子诚 著
鲁迅作品细读	钱理群 著
中国戏曲	么书仪 著
元曲十题	么书仪 著
唐宋八大家 ——古代散文的典范	葛晓音 选译

辛亥革命亲历记	吴玉章 著
中国历史讲话	熊十力 著
中国史学入门	顾颉刚 著 何启君 整理
秦汉的方士与儒生	顾颉刚 著
三国史话	吕思勉 著
史学要论	李大钊 著
中国近代史	蒋廷黻 著
民族与古代中国史	傅斯年 著
五谷史话	万国鼎 著 徐定懿 编
民族文话	郑振铎 著
史料与史学	翦伯赞 著
秦汉史九讲	翦伯赞 著
唐代社会概略	黄现璠 著
清史简述	郑天挺 著
两汉社会生活概述	谢国桢 著
中国文化与中国的兵	雷海宗 著
元史讲座	韩儒林 著

魏晋南北朝史稿　　贺昌群　著
汉唐精神　　贺昌群　著
海上丝路与文化交流　　常任侠　著
中国史纲　　张荫麟　著
两宋史纲　　张荫麟　著
北宋政治改革家王安石　　邓广铭　著
从紫禁城到故宫
　　——营建、艺术、史事　　单士元　著
春秋史　　童书业　著
明史简述　　吴　晗　著
朱元璋传　　吴　晗　著
明朝开国史　　吴　晗　著
旧史新谈　　吴　晗　著　习　之　编
史学遗产六讲　　白寿彝　著
先秦思想讲话　　杨向奎　著
司马迁之人格与风格　　李长之　著
历史人物　　郭沫若　著
屈原研究（增订本）　　郭沫若　著
考古寻根记　　苏秉琦　著
舆地勾稽六十年　　谭其骧　著
魏晋南北朝隋唐史　　唐长孺　著
秦汉史略　　何兹全　著
魏晋南北朝史略　　何兹全　著
司马迁　　季镇淮　著
唐王朝的崛起与兴盛　　汪　篯　著
南北朝史话　　程应镠　著
二千年间　　胡　绳　著
论三国人物　　方诗铭　著
辽代史话　　陈　述　著
考古发现与中西文化交流　　宿　白　著
清史三百年　　戴　逸　著

清史寻踪	戴　逸　著
走出中国近代史	章开沅　著
中国古代政治文明讲略	张传玺　著
艺术、神话与祭祀	张光直　著 刘　静　乌鲁木加甫　译
中国古代衣食住行	许嘉璐　著
辽夏金元小史	邱树森　著
中国古代史学十讲	瞿林东　著
历代官制概述	瞿宣颖　著

宾虹论画	黄宾虹　著
中国绘画史	陈师曾　著
和青年朋友谈书法	沈尹默　著
中国画法研究	吕凤子　著
桥梁史话	茅以升　著
中国戏剧史讲座	周贻白　著
中国戏剧简史	董每戡　著
西洋戏剧简史	董每戡　著
俞平伯说昆曲	俞平伯　著　陈　均　编
新建筑与流派	童　寯　著
论园	童　寯　著
拙匠随笔	梁思成　著　林　洙　编
中国建筑艺术	梁思成　著　林　洙　编
沈从文讲文物	沈从文　著　王　风　编
中国画的艺术	徐悲鸿　著　马小起　编
中国绘画史纲	傅抱石　著
龙坡谈艺	台静农　著
中国舞蹈史话	常任侠　著
中国美术史谈	常任侠　著
说书与戏曲	金受申　著
世界美术名作二十讲	傅　雷　著

中国画论体系及其批评	李长之　著
金石书画漫谈	启　功　著　赵仁珪　编
吞山怀谷 ——中国山水园林艺术	汪菊渊　著
故宫探微	朱家溍　著
中国古代音乐与舞蹈	阴法鲁　著　刘玉才　编
梓翁说园	陈从周　著
旧戏新谈	黄　裳　著
民间年画十讲	王树村　著　姜彦文　编
民间美术与民俗	王树村　著　姜彦文　编
长城史话	罗哲文　著
天工人巧 ——中国古园林六讲	罗哲文　著
现代建筑奠基人	罗小未　著
世界桥梁趣谈	唐寰澄　著
如何欣赏一座桥	唐寰澄　著
桥梁的故事	唐寰澄　著
园林的意境	周维权　著
万方安和 ——皇家园林的故事	周维权　著
乡土漫谈	陈志华　著
现代建筑的故事	吴焕加　著
中国古代建筑概说	傅熹年　著
简易哲学纲要	蔡元培　著
大学教育	蔡元培　著 北大元培学院　编
老子、孔子、墨子及其学派	梁启超　著
春秋战国思想史话	嵇文甫　著
晚明思想史论	嵇文甫　著
新人生论	冯友兰　著

中国哲学与未来世界哲学	冯友兰　著	
谈美	朱光潜　著	
谈美书简	朱光潜　著	
中国古代心理学思想	潘　菽　著	
新人生观	罗家伦　著	
佛教基本知识	周叔迦　著	
儒学述要	罗　庸　著	杜志勇　辑校
老子其人其书及其学派	詹剑峰　著	
周易简要	李镜池　著	李铭建　编
希腊漫话	罗念生　著	
佛教常识答问	赵朴初　著	
维也纳学派哲学	洪　谦　著	
大一统与儒家思想	杨向奎　著	
孔子的故事	李长之　著	
西洋哲学史	李长之　著	
哲学讲话	艾思奇　著	
中国文化六讲	何兹全　著	
墨子与墨家	任继愈　著	
中华慧命续千年	萧萐父　著	
儒学十讲	汤一介　著	
汉化佛教与佛寺	白化文　著	
传统文化六讲	金开诚　著	金舒年　徐令缘　编
美是自由的象征	高尔泰　著	
艺术的觉醒	高尔泰　著	
中华文化片论	冯天瑜　著	
儒者的智慧	郭齐勇　著	
中国政治思想史	吕思勉　著	
市政制度	张慰慈　著	
政治学大纲	张慰慈　著	
民俗与迷信	江绍原　著	陈泳超　整理

政治的学问	钱端升 著	钱元强 编
从古典经济学派到马克思	陈岱孙 著	
乡土中国	费孝通 著	
社会调查自白	费孝通 著	
怎样做好律师	张思之 著	孙国栋 编
中西之交	陈乐民 著	
律师与法治	江 平 著	孙国栋 编
中华法文化史镜鉴	张晋藩 著	
新闻艺术（增订本）	徐铸成 著	
经济学常识	吴敬琏 著	马国川 编
中国化学史稿	张子高 编著	
中国机械工程发明史	刘仙洲 著	
天道与人文	竺可桢 著	施爱东 编
中国医学史略	范行准 著	
优选法与统筹法平话	华罗庚 著	
数学知识竞赛五讲	华罗庚 著	
中国历史上的科学发明（插图本）	钱伟长 著	

出版说明

“大家小书”多是一代大家的经典著作，在还属于手抄的著述年代里，每个字都是经过作者精琢细磨之后所拣选的。为尊重作者写作习惯和遣词风格、尊重语言文字自身发展流变的规律，为读者提供一个可靠的版本，“大家小书”对于已经经典化的作品不进行现代汉语的规范化处理。

提请读者特别注意。

北京出版社